VAMPIRE AUF VIER PFOTEN

Ein Husky auf Rhodos

Bibliografische Information der Deutschen Nationalbibliothek: Die Deutsche Nationalbibliothek verzeichnet diese Publikation in der Deutschen Nationalbibliografie; detaillierte bibliografische Daten sind im Internet über dnb.dnb.de abrufbar.

ISBN: 9783751981088

Für

Lady G.

Für
Daphne und Selina,
Karin und Michali,
die mich selbstverständlich in Ihre Familie aufgenommen
haben - vielen vielen Dank und alles Liebe für Euch!

Eure Gitta

WARUM ICH RHODOS SO LIEBE

Zwölf Jahre erscheinen als eine lange Zeit.

Für mich waren es nur wenige Stunden am, auf, über und unter dem Meer, auf einer wunderbaren Insel mit zauberhaften Kulissen.

Hier habe ich mich gefunden und die Liebe zum Fabulieren entdeckt.

Hier hat sich mein Herz mit der Natur verbunden und meine Seele hat das Fliegen gelernt.

Und hier war es, wo mir das Leben eine wunderschöne und kluge Begleiterin schenkte.

Sie war und ist alle Liebe und Aufmerksamkeit wert.

Vielen Dank an mein Schicksal, das mich   rechtzeitig an diesen für mich so entscheidenden Platz geführt hat.

Kasper schoss wie eine kleine Rakete um die Ecke. Mit seinen drei Beinen war er schneller als manch einer seiner Kollegen, der über alle vier Pfoten verfügte.

Er sprang auf das Deck und lief zum Bug. Hier fand er seine Chefin.

Die Ladyhündin löste ihre Augen von dem prachtvollen Sternenhimmel über sich. Sie atmete genussvoll die warme Nachtluft ein. Sie liebte diese lauen Sommernächte auf ihrer Sonneninsel und war dann für jedes Abenteuer zu haben.

„Was gibt es, Kleiner?"

„Hey, Chefin! Tricki meldet einen Halbtoten am Südhang der neuen Baustelle im alten Hafen."

Halbtot war ihre Bezeichnung für alle Hunde, denen etwas zugestoßen war, die aber noch lebten und atmeten.

„Kennen wir ihn?"

Träge nur kam die Frage von der im Sternengefunkel schwelgenden Hündin.

„Nein. Er ist ein Fremder, ein Husky soll es sein."

Schon das erweckte Lady`s Mitgefühl. Sie mochte die starken Vertreter dieser Rasse mit ihren glitzernden Augen. Und immer wieder empörte sie sich über den menschlichen Unverstand, Polarhunde in einem Tropenklima zu halten.

Die Mischlingshündin Tanita war zu den beiden gestoßen.

„Wir sollten uns den Armen wenigstens einmal anschauen. Vielleicht können wir etwas für ihn tun."

Lady streckte sich, schüttelte die Sterne aus ihrem wundervollen weißen Fell mit kaffeebraunen und vollmilchfarbigen Flecken, stellte ihre caramelfarbigen Ohren auf und gab das Kommando.

„Na dann, los! Wo steckt eigentlich Flower?"

Flower war ein Kurzhaarpudel, schwarz von der Schnauze bis zum Schwanz.

„Die passt an der Fundstelle auf."
Versteckt hinter den neuen großen Holzstapeln fanden sie die Pudeldame.
„Chefin, er war nicht zu übersehen. Du wirst gleich wissen, warum."
Nach nur wenigen Pfotenlängen konnte Lady sich selbst davon überzeugen.
„Er ist weiß?"
„Komplett, ja, komplett weiß."
„Wieso heiß? Hier brennt doch nichts."
„Schon gut Kasper. Es ging um die Farbe vom Husky da."
„Na der ist doch völlig weiß, der Arme."
Die drei anderen grinsten sich an. Kasper hatte einen Hörschaden und so gab es manches Mal Missverständnisse oder lustige Kommentare von ihm.
„Ihr wartet hier."
Vorsichtig schnüffelnd näherte sich Lady dem im Mondschein leuchtenden Fellberg. Da rührte sich gar nichts.
„Und ihr meint, er lebt noch?"
Tricki bejahte mit dem bestimmten Heben und Senken ihres Kopfes,
„Er hat einige Male gestöhnt und wohl auch versucht, etwas zu sagen, aber das haben wir leider nicht verstanden."
Aufmerksam umrundete Lady den Halbtoten ein weiteres Mal. Dann schlich sie ganz dicht an ihn heran und stupste ihn in die Seite.
Nichts!
Sie stupste ein zweites Mal, diesmal etwas kräftiger. Ein leises Stöhnen war die Antwort.
„Hey, du! Lebst du noch? Sag was."
Ein neuerliches Stöhnen erklang.
„Warum liegst du hier? Was ist passiert?"
Langsam, langsam nur versuchte der Husky den Kopf zu heben und da konnten sie alle die Leine sehen, die um seinen Hals geschlungen war.

„Ach, du Armer!"

Die kleine süße Pudeldame Flower weinte fast.

„Wozu brauchst du einen Hammer?"

Kasper zwinkerte aufgeregt und schaute Flower an.

„Ich meinte den Husky. Er ist angebunden."

„Ach, der Arme!"

Auch Kasper war nun voller Mitgefühl.

„Flower, jetzt heul nicht schon wieder. Such lieber das andere Ende der Leine und mach unseren Freund hier los. Und Kasper, du hilfst ihr."

Flower schluckte und tat, was die Chefin verlangte.

„Wie lange bist du schon hier?"

Die Antwort des Husky`s war mehr das Krächzen eines Raben als die Stimme eines kräftigen Hundes.

„Genau kann ich es nicht sagen, aber zwei Nächte sind bestimmt bereits vergangen."

Müde legte der Husky seinen Kopf wieder auf die Vorderpfoten.

„Mädels, der Gute braucht Wasser und was zu futtern. Verteilt euch und sucht drüben bei den Restaurants. Kasper, du bringst unseren kleinen Eimer mit frischem Wasser! Und beeilt euch bitte!"

Es waren kaum zehn Minuten vergangen, da war ein wahres Festmahl für den Gefangenen hergerichtet – Kartoffeln, Reis und Gemüse, Lammknochen und Hühnerreste. Nach ein wenig Wasser und den ersten Bissen lebte der Husky sichtbar auf. Mit jedem Happen wurde er lebendiger und spürbar kräftiger. Das frische Wasser belebte ihn zusätzlich.

Schnell war alles verzehrt, der Wassereimer leer.

„Ich danke euch von ganzem Herzen. Ihr habt mir das Leben gerettet.!"

„Jetzt, wo du wieder bei Kräften bist, verrate uns, hast du vielleicht auch einen Namen?"

„Ich wurde Snowbird getauft."

Flower kicherte leise.

„Was für ein Name für einen wie dich!"

„Und wer seid ihr?"

„Wir sind die Hafengang."

„Die was?"

„Die Hafengang. Wir leben hier im Hafen oder auf den Booten im Trockendock."

Kasper drängelte sich zwischen die miteinander Sprechenden.

„Entschuldigung. Aber ich hätte hier das Ende deines Lassos. Darf ich es dir abnehmen?"

Erfreut hob Snowbird den Kopf . Kasper fasste das Seil vorsichtig mit seinen kleinen spitzen Zähnen und zog an der Schlinge. Der Husky hielt dagegen. Bald war die Schlinge so groß, dass der Hundekopf durch passte. Snowbird schüttelte sich.

„Danke, mein kleiner Freund."

Stolz richtete sich Kasper auf. Dann zog er das Seil, wie eine Siegestrophäe haltend, hinter sich her zur Wand der Lagerhalle und legte es dort ab.

„Was willst du jetzt tun?"

„Ich weiß es nicht."

Snowbird senkte traurig den Kopf.

„Mein Besitzer hat mich hier ausgesetzt, weil ich so für ihn nicht für die Züchtung zu gebrauchen bin. Und für was anderes tauge ich auch nicht."

„Na, du hast ja keine große Meinung von dir selbst."

Die abfällige Bemerkung von Lady schmerzte den Husky sichtlich.

„Urteilst du immer so vorschnell, kleine Chefin? Schau mir in die Augen. Was siehst du?"

Snowbird drehte seinen Kopf so, dass das Mondlicht sein Gesicht voll anstrahlte. Lady suchte seine Augen... und erschrak. Da, wo die Huskies sonst glitzernde, die von ihr so geliebten und bewunderten grünen oder braunen Linsen hatten, konnte sie nur eine weiße, trübe Fläche entdecken.

Keine Pupillen. Keine Farbe. Keine Iris. Der Husky hörte, wie sie die Luft anhielt.

„Ja. Ich bin blind, von Geburt an."

„Was hat der Wind mit deiner Geburt zu tun?"

Die Frage von Kasper zauberte allen ein klitzekleines Lächeln in die Augen.

„Er ist blind, du Spaßvogel. Seine Augen können dich nicht sehen."

„So klein bin ich nun aber auch nicht."

Tanita versetzte ihm einen leichten Schlag mit ihrer Pfote.

„Eh? Ich hab schon verstanden."

Lady hatte sich wieder gefasst.

„Weißt du, es ist sicherlich Schade, dass du nicht sehen kannst. Aber es gibt durchaus auch andere Hunde mit einem Gebrechen oder Fehler. Wenn du lernst, damit umzugehen, kommst du schon klar. Nimm zum Beispiel unseren Kasper hier. Der hat nur drei Beine, aber trotzdem ist er so flink und rennt so manchem vierbeinigen Konkurrenten davon. Und außerdem hört unser Kleiner schlecht. Manchmal kann das auch sehr lustig sein. Einige Kostproben hat er hier ja schon abgegeben."

„Hat er seinen Namen denn dann von euch?"

„Ja. Aber hauptsächlich, weil er nur Unsinn im Kopf hat. Wir haben ihn als Welpen hier im Hafen gefunden. Er ist sozusagen unser Ziehkind.

Aber nun denke ich, wird es Zeit, von hier zu verschwinden. Wir zeigen dir unser Zuhause und da kannst du bleiben, bis du weißt, was du mit deinem neuen Leben zu tun gedenkst."

Tricki, Tanita und Flower und Kasper liefen vorweg. Lady hielt sich dicht neben dem Husky und führte ihn.

„Kleine Chefin, wie siehst du aus?"

Lady schielte vorsichtig zu dem um zwei Köpfe Größeren hinauf. Niemand sonst durfte sie klein nennen, aber er sagte es irgendwie anders.

„Ich bin genauso weiß wie du. Ich habe nur ein paar braune Flecken und braune Ohren. Auch meine Augen sind braun. Ich bin ein Jack Russel."

Ihre Pfoten berührten sich ab und zu beim Laufen. Lady spürte eine knisternde unbekannte Atmosphäre zwischen sich und diesem neuen Hund in ihrem Leben. Ihr Puls beschleunigte sich grundlos und ihr Herz klopfte etwas schneller als sonst.

Was sollte das? Verwirrt schüttelte sie sich.

„Was ist?"

„Oh, nichts. Nur eine Fliege wahrscheinlich. Übrigens sind wir gleich da. Nur noch hier die Rampe hinunter. Dann müssen wir jetzt auf dem Mauersims entlang laufen. Bleib einfach geradeaus. Okay, Stopp, Snowbird. Dreh dich zum Wasser. Kannst du es hören?"

„Hören und riechen."

„Nun musst du einen Sprung wagen. Glaubst du, du schaffst das?"

„Wo ist der Landeplatz? Habe ich Platz da drüben oder steht irgendwo ein Hindernis?"

„Die Stelle ist frei, aber du springst auf das Heck eines Schiffes auf. Das heißt, du hast einen Höhenunterschied von etwa zwei Metern. Du musst also gerade aufspringen."

„Okay, dann will ich mal."

„Pass auf, Snowbird. Deine Hinterpfoten treffen das Geländer..."

Der Husky hatte sie gehört und im Bruchteil einer Sekunde auf ihren Hinweis reagiert. Er zog die Hinterläufe noch höher und drehte sich ein wenig in der Luft. Er kam mit den Vorderpfoten auf und rollte sich zur Seite. Lady folgte ihm unmittelbar.

„Gut gemacht, mein Weißer!"

Snowbird rollte sich auf alle vier Pfoten. Das Kompliment der Hündin irritierte ihn ein wenig. Um das zu überspielen begann er, seine Umgebung schnuppernd zu erkunden. Dabei stieß seine Schnauze auf eine andere. Er zuckte zurück.

Von der Seite war Lady`s Stimme zu hören.

„Hallo, Kasper. Willst du schmusen?"

Und zu Snowbird gewandt, setzte sie hinzu:

„Unser Nesthäkchen. Ich erwähnte ja schon, er ist immer zu Streichen aufgelegt und furchtbar neugierig ist er auch."

Bei dem Wort - Nesthäkchen – hatte Kasper empört die Schnauze gehoben.

„Ich wollte nur mal riechen, ob ich ihn riechen kann. Kannst du mich riechen?"

„Kann ich und gern auch."

„Wenn du möchtest, zeige ich dir hier alles. Einverstanden?"

Die Frage ging sowohl an Lady als auch an den Husky. Lady nickte zustimmend.

„Nichts dagegen einzuwenden."

Snowbird lächelte. Und dabei sah er richtig umwerfend aus.

„Na, unser Jüngster hat dich schon ins Herz geschlossen."

Und ich auch. Aber das sagte sie natürlich nicht laut.

Laut sagte sie noch:

„Dann zeig unserem Neuen mal unser Boot. Viel Spaß dabei, Husky."

Kasper, der schon los gezogen war, drehte sich herum.

„Wer macht Hatschi?"

Snowbird und Lady prusteten los.

„Hab ich nicht gesagt, wie lustig er manchmal sein kann."

Dem ersten Bootsrundgang folgte eine weitere reichliche Mahlzeit. Kasper stieg mit Snowbird langsam in die Kombüse hinunter. Die Chefin schaute nochmals zu den Sternen auf und folgte dann den beiden in das Innere des Schiffes.

Nachdem sich alle reichlich bedient hatten und sich satt und zufrieden fühlten, verräumte Tricki die Reste der Mahlzeit.

„Es wird Zeit."

Tricki, Tanita, Flower und Kasper zogen sich nach einem Gruß an Snowbird in ihre Kabinen zurück.

„Wofür ist es Zeit, kleine Lady?"

„Snowbird. Ich habe großes Vertauen in dich, sonst hättest du unseren Unterschlupf nicht kennengelernt. Bedien dich bei den Vorräten, wenn du hungrig bist und sei ein wenig vorsichtig. Zeig dich nicht so offen. Wir wissen nicht, wer hier tagsüber so unterwegs ist. Wir, meine Freunde und ich, gehen jetzt schlafen. Wir scheuen das Tageslicht ein wenig!"

Snowbird blieb ebenfalls im Schiffsbauch. Zum einen kannte er sich hier noch nicht aus, zum anderen wollte er nicht gesehen werden. Außerdem war er ein wenig müde geworden. So hielt er erst einmal ein Genesungsschläfchen.

Irgendwann weckten ihn Geräusche außerhalb des Schiffes. Bevor er etwas anderes tat, genehmigte er sich ein gutes Frühstück. Die Speisekammer war gut sortiert. Seine feine Nase fand Huhn und Lamm, Käse und sogar Schokolade. Lecker! Hier gefiel es ihm.

So gestärkt machte Snowbird einen weiteren Rundgang im Inneren. Außer den fünf Kabinen, die seine neuen Bekannten belegten und deren Türen geschlossen waren, fand er zwei weitere. Sie waren nicht sehr groß, hatten aber ein großes Lager. Im Bug entdeckte er dann eine riesige Kabine. Die würde zu ihm passen. Vielleicht sollte er erst mal für eine Zeit lang hier bleiben und die Hafengang näher kennenlernen. So schlecht hatte er es nicht getroffen. Er rollte sich auf dem großen Bett zusammen, auf das durch zwei Bullaugen die Sonne schien und genoss für den Rest des Tages seine neu gewonnene Freiheit.

Der Abend kam. Die Sonne ging unter. Das nächtliche Dunkel schlich sich sanft heran und legte seine funkelnde Decke über den Hafen und das Schiff. Es kam Bewegung in das hölzerne Heim. Tricki machte sich in der Speisekammer nützlich, Kasper holte wie immer frisches Wasser vom Brunnen am Übergang zum Passagierkai, Tanita machte eine Sicherungsrunde auf Deck. Lady suchte nach dem Neuzugang und fand ihn dann auch.

„Bescheidenheit ist wohl nicht gerade deine Stärke, oder?"

„Lady, hallo. Ich wollte nicht…"

„Alles gut, Snowbird. Das war ein Scherz. Du kannst die Kabine gern bewohnen, so lange du hier bleibst."

Die Jack- Russel- Hündin sprang zu Snowbird auf das Lager.

„Erzähl. Wie war dein Tag?"

Mitten in seinen Bericht ertönte Tricki`s Stimme.

„Frühstück ist fertig!"

Snowbird lachte.

„Frühstück ist gut. Für mich ist das bereits das Abendessen."

Lady sprang auf den Boden.

„Komm. Egal, wie wir es nennen. Du kannst sicherlich auch wieder etwas vertragen."

„Aber klar doch."

Gemeinsam fanden sie sich bei den anderen ein. Es war so, als würde er schon immer dazu gehören. Ein warmes Gefühl machte sich in Snowbird breit.

„Danke, dass ich hier sein darf. Ihr seid sehr nett zu mir."

Kasper, der schon an einem guten Knochen nagte, hatte wieder nur die Hälfte mit bekommen.

„Was ist mit deinem Bett? Ist wohl nicht weich genug?"

Alle lachten und machen sich über die gedeckte Tafel her.

„Du musst dir keine Gedanken machen, mein Weißer. Wir haben uns alle so gefunden. Und nun lang zu! Vielleicht brauchen wir dich noch!"

Eine Weile herrschte gefräßige Stille, nur ab und zu durch ein Knacken von Knochen und Knorpeln unterbrochen. Kasper schmatzte vergnügt vor sich hin.

Als sie alle miteinander genug hatten, bekam Snowbird neugierige

Fragen gestellt.

„Erzähl uns vom Tag. Was hast du gesehen, äh, entschuldige gehört."

„Laufen hier auch Zweibeiner rum?"

„Wen hast du sonst noch so mit bekommen, Hunde, Katzen...?"

„Wow, langsam. Nicht alle auf einmal.

Also, Menschen habe ich gehört. Die waren , glaube ich, auf dem Nachbarboot. Katzen lagen vorne auf der Kaimauer. Und jetzt, wo ich so drüber nachdenke, habe ich auch das Gespräch zweier Hunde belauscht."

Lady spannte sich.

„Weißt du noch, worüber sie gesprochen haben?"

„Hmh, lass mich noch mal genau nachdenken. Hängengeblieben sind nur Gesprächsfetzen. Entschuldigung, ich wusste ja nicht, dass das für euch wichtig ist."

„Alles gut. Was fällt dir noch ein?"

„Das eine war, glaub ich, auch eine Hündin. Sie sprach davon, dass „Sie" hier gesehen wurde und man die Gegend im Auge behalten will."

„Verdammte Hundekacke!"

„Kasper, reiß dich am Riemen. So was sagt man nicht!"

„Sagt man nicht, sagt man nicht. Stimmt aber!"

Trotzig schaute er in die Runde.

„Du hast ja Recht. Also heißt es, von jetzt ab vorsichtig zu sein."

Snowbird verstand die Aufregung überhaupt nicht.

„Was ist los mit euch? Kann mir mal einer erklären, worum es hier geht?"

„Mach ich, Huskymann. Lass uns nach oben gehen. Der Sternenhimmel ist bestimmt wieder wunderbar. Ich erzähl dir, wie er aussieht und auch, wen du heute gehört hast."

„Und das andere auch."

„Welches andere?"

„Na warum ihr nachts wach seid und tagsüber schlaft."

„Das auch."

Lady lief auf das Oberdeck des Schiffes und Snowbird folgte ihr.

„Komm, wir legen uns hier vor das Ruderhaus. Dann sind wir vom Kai aus nicht zu sehen."

Der Husky streckte sich neben ihr aus.

Die Nacht war warm und der süße Hauch des vollkommenen Sommers wehte über den Hafen und die ankernden Boote. Leise und sanft schlugen die Wellen an die Planken.

Eine Zeit lang blieb es stumm zwischen den beiden Hunden. Lady war im Funkeln der Sterne gefangen. Ein vorsichtiges Räuspern ihres Nachbarn brachte sie zurück auf den schwankenden Boden ihres Zuhauses.

„Ah, entschuldige Snowbird. Aber die Sterne funkeln heute wieder besonders klar. Ich wünschte, du könntest sie sehen."

„Beschreib sie mir, kleine Chefin."

„Stell dir ein weiches Tuch vor, vielleicht eine Wolldecke. Das Tuch spannt sich über dir, von Ost nach West und von Nord nach Süd, so weit du denken kannst. Und daran hängen Wassertropfen aus Eis. Du kennst das Gefühl von Wasser oder Eis an der Schnauze oder deinen Pfoten. Aber sie wirken nicht kalt. Sie versprühen ein klares Licht, dass dir zeigt, wie klein du bist. Und im selben Moment hüllt es dich ein wie ein warmer Schimmer aus Fernweh und Abenteuer."

„Ich kann es sehen durch deine Augen, Lady und spüre es durch deine Worte. Doch nun wüsste ich gern wo ich hinein geraten bin, wer die andere Hündin ist, die Kasper so aufgeregt hat und wer ihr seid...wer du bist."

Lady überlegte kurz.

„Vielleicht fangen wir mit dem Wichtigsten an.

Diese andere Hündin, die du gehört hast, führt eine weitere Hundetruppe an. Sie betrachten uns als ihre Konkurrenz und Feinde.

Sie nennt sich Tiger und ist eine Schweizer Laufhündin. Die wildern ja gern. Aber wenn du mich fragst, ist da noch was anderes mit drin, so hinterhältig wie die ist. Sie kam vor knapp zwei Jahren hier mit einem Segler an. Der hat sie hier zurückgelassen. Na ja, keine schöne Geschichte. Vielleicht ist sie deshalb allem und jedem gegenüber so misstrauisch.

Sie hat sich ein paar Untergebene gesucht, glaubt etwas Besseres zu sein und beansprucht natürlich die Vorherrschaft im Hafen."

„Und wo kommst du ins Spiel?"

„Spiel ist der richtige Ausdruck. Ich bin ihr ein- zweimal bei ihren Aktionen dazwischen gegrätscht und habe sie nicht als die Hafenkönigin anerkannt. Glaub mir, da ist ein Zickenkrieg vorprogrammiert."

Snowbird lachte leise.

„So etwas aus dem Maul einer Dame..."

„Wer ist der Lahme?"

Kasper schob seine Schnauze um die Ecke des Ruderhauses.

„Ich sagte Dame, du kleiner neugieriger Pinsel!"

Snowbird stieß Lady leicht in die Seite.

„Name? Mein Name ist Kasper, aber das weißt du doch oder bist du so vergesslich?"

Lady grinste vergnügt in ihre wundervoll dichten Barthaare hinein.

„Was willst du, Kasper?"

„Ehm, ach ja. Die Mädels und ich wollen uns am Nea Agora ein wenig umschauen."

„Geht in Ordnung. Aber seid vorsichtig, ja?"

„Selbstverständlich, Chefin."

Kasper reckte sich, um größer zu wirken. Stolz wendete er sich zum Gehen, stoppte aber noch mal.

„Und Snowbird, ich winsel nicht! Ich spreche ganz normal."

Damit stolzierte der stolze Dreibeiner davon.

Snowbird hielt sich zurück bis Kasper nicht mehr zu sehen war. Dann lachbellte er los.

„Der Kleine ist ja wirklich Zucker! So viel, wie ich in den letzten Stunden lachen durfte, so oft habe ich das in meinem ganzen bisherigen Leben nicht getan."

„Da hast du Recht. Ich mag ihn auch sehr gern."

„Da sind wir wieder beim Thema, Lady. Wie habt ihr euch gefunden?"

„Im Prinzip so, wie du uns oder besser gesagt, wir dich. Am Anfang war ich allein unterwegs. Dann traf ich eines Abends auf einen Hundefänger. Ich konnte nur entkommen, weil eine andere Hündin mir geholfen hat. Das war Tanita. Wir verstanden uns auf Anhieb und beschlossen, zusammen zu bleiben. Das war im Londoner Hafen. Da es uns dort irgendwann zu kalt wurde auf die Dauer, suchten wir uns eine Passage in eine wärmere Gegend. So kamen wir bis nach Athen und hier trafen wir Flower. Der riesige Hafen von Athen war uns zu laut und unruhig. Wir nahmen die erstbeste Fähre und starteten ein Inselhopping. Das war zwar nun kurzweilig und es gab viel zu entdecken. Aber wir suchten nach einer Bleibe, auf Dauer. Verstehst du?

Auf Nissiros haben wir noch Tricki vor dem Ertrinken gerettet und sind dann mit der nächsten Fähre weiter. Und hier, auf Rhodos, im Hafen von Rhodos- Stadt mit dem wundervollen Nea Agora, dem Trockendock und der phantastischen Altstadt – hier beschlossen wir zu bleiben.

Bereits in der zweiten Nacht machten wir Bekanntschaft mit Kasper, der versuchte, unsere Vorräte zu plündern. Er tat das im Auftrag von Tiger, die uns schon auf ihrer schwarzen Liste hatte. Es war seine Aufnahmeprüfung in ihre Gang. Wir erwischten ihn und er zog mit leeren Pfoten ab. Eine Nacht später stand er dann wieder vor unserer Tür. Sie hatten ihn ganz schön zugerichtet. Er war sauer über die Behandlung, aber auch traurig, dass Tiger ihn nicht wollte. Aber er hat sich bei uns schnell darüber hinweg getröstet, möchte heute nicht woanders sein. Seitdem ist er so etwas wie unser allseits beliebtes weil putziges Nesthäkchen.“

„Das klingt sehr spannend und vor allem nach sehr viel Wanderzeit. Aber ehrlich gesagt klingt deine Stimme nicht gerade nach einer alten Dame, kleine Lady.“

„Was denkst du denn, wie alt ich bin, Huskyman?“

Snowbird überlegte.

„Wenn ich da so schätzen soll, würde ich sagen, du bist eine sehr junge Hündin, so zwischen zwei und drei Hundejahren. Doch dieses Alter widerspricht ein wenig all deinen Erlebnissen, die du gerade so kurz geschildert hast.“

Lady kratzte sich vergnügt am Ohr.

„Ich belustige dich, nicht wahr?“

„Nein, oder doch ein wenig. Aber dafür kannst du ja nichts. Du würdest mein Alter auch falsch schätzen, wenn du mich sehen könntest, mein Weißer.“

Snowbird wechselte bei seiner Liegeposition auf die andere Pfote.

„Nun spann mich nicht länger auf die Folter, sonst schwirre ich noch als Pfeil davon.“

„Also gut. Mit deiner Einschätzung über die Stimme liegst du richtig, obwohl das auch nicht immer funktionieren muss. Laut der und meinem biologischen Alter bin ich so jung wie du mich einschätzt.“

„Aha.“

„Bis dahin hast du alles richtig erkannt. Ich bin jedoch kein gewöhnlicher Hund...“

„Hundedame, so viel Zeit muss sein.“

„Danke, Snowbird. Also keine gewöhnliche Hundedame. Ich bin 423 Jahre alt.“

Der Husky verschluckte sich vor Aufregung.

„Eh, auf die Pfote nehmen kann ich mich allein! Das glaub ich nicht! Wie soll das gehen?“

„Ganz einfach. Ich bin ein Vampirhund.“

„Du bist ein was? Verdammt noch mal!“

Der Husky war auf seine vier Pfoten gesprungen.

„So was gibt`s nur im Märchen!"

„Irrtum, mein Großer. Ich bin leider echt! Und deshalb schlafen wir am Tag und sind nur Nachts unterwegs."

„Heißt das, ihr alle Fünf seid Vampire?"

„Ja, sind wir. Aber das ist schon wieder eine neue Geschichte."

„Vierhundert...?"

„Vierhundertdreiundzwanzig Jahre."

„Das ist genug Zeit zum Reisen."

Snowbird ließ sich wieder auf dem Deck nieder. Eine Zeit lang blieb es still zwischen den beiden.

„Darf ich dich noch etwas fragen?"

„Immer zu, mein Weißer."

„Wie bist du so geworden? Wie kam es dazu?"

„Das ist ein bisschen kurios. Geboren bin ich auf dem Land und wurde an ein junges Mädchen verschenkt. Ihre Familie zog in die Großstadt. Hier freundete sich meine Herrin später dann mit einem jungen Mann an. Der war mir nicht geheuer. Ich mochte ihn nicht. Ich weiß nicht, ob du das kennst. Manchmal hat man eben so ein komisches Gefühl in der Magengegend. Er kam auch immer nur am Abend zu uns. Tagsüber hatte er angeblich keine Zeit und viel Arbeit. Das machte natürlich auch Mary, so hieß die Liebe, irgendwann stutzig und sie stellte ihn zur Rede. So erfuhr sie, dass er ein Vampir sei. Er erzählte ihr das, weil er sich ihrer Liebe so sicher war. Er beteuerte, er hätte sich unsterblich, man bemerke die Wortwahl, also unsterblich in sie verliebt und er wolle sein unsterbliches Leben gern mit ihr teilen. Nun war meine Mary aber ein lebenslustiges Mädchen und hatte keine Lust auf die Tage im hellen Licht und all ihre Freunde zu verzichten. Sie liebte den jungen Vampirmann und sie trafen sich weiterhin. Aber er begann, sie zu bedrängen. Er wollte nicht so weiter machen. Dann kam es zu einem großen Streit, als Mary ihm sagte, dass ihre Eltern für sie einen Ehemann ausgesucht hätten. Er war aus gutem Hause und hatte ein reiches Erbe zu erwarten. Und sie sagte ihrem Geliebten auch, dass der junge Mann ihr gefalle und sie ihren Eltern diesen Wunsch nicht ausschlagen würde. Der Vampirmann wurde wütend. Bei Mary`s Erzählung hatte diese auf der Couch gesessen. Ich lag neben ihr. Ihr Geliebter stand am offenen Fenster im frischen Hauch der dunklen Nacht. Er sprang auf sie zu, um sie in seine Arme zu reißen und in den schlanken, von ihm so geliebten Hals zu beißen. Ich hatte das kommen sehen. Meine Reflexe waren schon immer hervorragend. Ich sprang dazwischen und statt Mary`s zartem Hals erwischte er meinen felligen. Er verbiss sich in mir. Mary stürzte schreiend aus dem Raum.

Nach dem Biss war vor dem Sprung. Der Vampir erkannte den Irrtum und floh aus dem Fenster.

Mary kam mit ihrem Vater und einem Diener zurück. Sie verbanden meine Wunde am Hals. Ich war ein wenig krank und genoss die zärtliche Pflege meiner Mary. Ich begann, mich immer mehr in der Nacht wohl zu fühlen und mied das Tageslicht.

In der Zwischenzeit heiratete meine Herrin. Ihr Gemahl mochte keine Hunde und so blieb ich im Haus der Eltern zurück. Die Diener fingen an, mich zu vernachlässigen und schließlich zu vergessen. Und so zog ich eines Abends los auf der Suche nach etwas Essbarem. Mein Instinkt ließ mich ein Versteck suchen, in dem ich den Tag verbrachte. Nach unzähligen solcher Nächte traf ich dann an der Themse einen weisen Hundeschamanen, der mich über mein Schicksal aufklärte. Durch meine bedingungslose Liebe zu Mary hatte sich das Vampirsein auf mich übertragen, da ich bereit war, ihr Schicksal als meines anzunehmen."

Lady machte eine Pause und Minuten lang herrschte sommerliche Stille auf dem Deck und zwischen Erzählerin und Zuhörer.

Schließlich räusperte sich Snowbird.

„Das ist starker Tobak, würde mein Mensch sagen. Und es wäre schwer zu glauben, würdest du nicht hier neben mir sitzen und ich, wenn auch wenig, schon aus meinen Beobachtungen bestätigen kann. Ich kann mir nicht im Geringsten vorstellen, wie das ist, so Hunderte Jahre zu leben. Ich trau mich gar nicht, dich zu fragen, wie es dir damit geht."

Der Husky drehte den Kopf ein wenig und richtete seine stummen Augen dahin, wo er Lady wusste.

„Die Frage habe ich erwartet. So viele haben sie mir ja noch nicht gestellt, aber das war immer das Erste, was sie wissen wollten. Nun ja, die ersten Jahre waren aufregend. Es war ja alles neu. Angefangen von der Umstellung, dass nun die Nacht mein Tag war. Der Kampf um´s Überleben und der Kampf mit anderen Hunden um Futter und Schlafplätze. Und ja, es war einsam ohne meine Menschenfamilie. Ich habe auch bewusst keine Freundschaften geschlossen oder Begleitung gesucht unter den anderen Hunderittern der Nacht . Zum einen wollte ich mich natürlich nicht verraten und zum anderen damit auch nicht angreifbar machen. Du weißt ja, die Konkurrenz, vor allem die der Neider, schläft nicht."

„Aber irgendwann hast du deine Meinung geändert."

„Hab ich. Nach dreihundert Jahren Einsamkeit passiert das schon mal. Und darüber hinaus hätte dieser Hundeführer mein Leben beendet, wenn er mich in einen seiner Tageslichtkäfige gesperrt hätte. So wollte ich dann doch nicht enden."

„Das war, wo Tanita dir dann geholfen hat."

„Gut aufgepasst, mein Weißer. Wir hatten uns ab und zu des Nächtens schon getroffen. Ich empfand es als angenehm, auch weil Tanita so unkompliziert war im Umgang.   Sie wollte nicht dominieren oder alles besser wissen. Sie wollte einfach da sein. So hatte sie in dieser Nacht den Hundefänger beobachtet. Der steckte die Rute mit der Halsschleife, in der ich hilflos hing, in einen Haken an der Seite seines Wagens, um noch einen weiteren armen

Hundling einzufangen, der ihm gerade vor die Füße gelaufen war. Es war früher Morgen und es wurde langsam eng für mich.

Tanita schaffte es, die Rute vom Haken zu heben. Sie musste sich an der Wagenwand aufrichten und stupste so lange mit ihrer Schnauze von unten gegen die Aufhängung bis die Rute vom Haken rutschte. Mit der Schlinge um den Hals und der Rute im Schlepp flohen wir. In einer dunklen Ecke dauerte es dann eine kleine Ewigkeit. Aber schließlich gelang es Tanita, die Lederschlinge durchzubeißen. Wir liefen windhundmäßig zu meinem Versteck im Hafen. Ich bat sie entweder zu bleiben oder am Abend wiederzukommen. Tanita fragte nichts, war aber zu Beginn der Nacht wieder da. So war sie die Erste überhaupt, der ich meine Geschichte erzählte.

Wir blieben zusammen. Irgendwann wollte Tanita dann wissen, ob es eine Möglichkeit gäbe, sie so zu machen wie mich. Sie meinte, sie würde eh schon mit mir in der Nacht leben, damit wir zusammen sein können. Ich wusste ja nicht, ob das bei Hunden auch so funktioniert wie bei den Menschen. Tanita aber drängelte so lange, dass wir es schließlich versuchten. Ich biss sie . Ihr Blut schmeckte süß und lecker. Ich war so überwältigt. Ich musste mich echt beherrschen, sie nicht auszutrinken. Dann warteten wir.

Du weißt ja bereits – es hat funktioniert.

Später entschlossen wir uns dann, auf Reisen zu gehen und mit unserem Leben, unserem langen, etwas sinnvoller umzugehen, es ein wenig aufzupeppen. So fanden wir die anderen."

Diese Anderen waren plötzlich an Bord zu hören. Flower kam nach vorn.

„Ah, da seid ihr ja noch. Wir wollten nur sagen, wir sind zurück und gleich gibt es Essen."

„Super! Sagt uns Bescheid, wenn es so weit ist!"

„Machen wir."

Die schwarze Pudelin lief zurück und verschwand fast augenblicklich in der genauso schwarzen Nacht, die das Boot und seine Bewohner schützend umgab.

„Danke, dass du mir die Geschichte erzählt hast."

„Schon gut. Aber belassen wir es für heute mit dem Erzählen."

Lady verstummte und ließ sich noch einmal von den funkelnden Sternen einfangen. Snowbird schwirrte der Kopf. Seine Gedanken spielten ping -pong, nach der so ungewöhnlichen Geschichte.

„Bescheid!"

Der laute plötzliche Ruf schreckte beide auf.

„Kasper!"

„Wir sollten doch Bescheid sagen, wenn das Nachtmahl verzehrfertig ist. Es ist fertig."

Lady und Snowbird folgten Kasper in die Kombüse, aus der wundervolle Wohlgerüche um die Wette dufteten und fröhliches Lachbellen zu hören war.

$\mathcal{S}$nowbird war nun schon ein paar Tage Gast bei der Vampirhundegang. Er hatte sich Dank des hervorragenden Essens und der tollen Kameradschaft prima erholt. Die Tage hatte er genutzt, um das Schiff ausgiebig zu erkunden.

So beschloss er heute, dem Fährhafen mal wieder einen Besuch abzustatten.

Als seine neuen Freunde sich vor den ersten Sonnenstrahlen in ihre Kojen zurückgezogen hatten, machte er sich auf den Weg. Er lief einfach immer am Wasser entlang. So lange er das Plätschern der Wellen an seiner rechten Seite hatte konnte er nichts falsch machen.

Der Husky war noch nicht lange unterwegs, als erste bekannte Geräusche und Gerüche ihn umspülten. Hier war er früher oft gewesen. Das war der große Hafen mit den Fähren. Auf dem Vorplatz wusste er die ganzen Stände mit den ertauchten Schwämmen aller Art. Hier herrschte immer Bewegung und Trubel.

Er hörte viele Stimmen und unterschied viele Sprachen. Heraus zu hören waren die Händler, die ihre Waren feil boten.

Schiffssirenen brummten, Ankerketten rasselten, Autos fuhren die Straße entlang, die den Hafen
von der Altstadt trennte.

Snowbird brauchte sich hier keine Gedanken zu machen. Er würde in diesem Gewusel nicht auffallen. Er hörte und roch auch andere Hunde. Solche, die die Menschen an Leinen mit sich führten und Streuner, wie er einer war.

Er genoss den Trubel, das laute Treiben, die geballten Gerüche aus 1001 Tag. Langsam nur bewegte er sich zwischen den Ständen und den Zweibeinern und hörte ihnen zu.

„Hey, Husky! Bist du auch mal wieder im Lande?"

Überrascht wendete sich Snowbird nach links. Von da war die Stimme gekommen.

„Hey. Hallo auch dir. Woher kennst du mich?"

„Na, so unauffällig bist du ja nicht gerade mit deinem weißen Fell. Aber du erkennst mich nicht."

„Stimmt!"

„Ach ja, da war doch was! Du bist blind, oder?"

Snowbird nickte. Sogar hier wussten sie alle, wie es um ihn stand.

„Gräm` dich nicht deswegen, du Fellberg. So groß ist unsere Stadt nun auch wieder nicht, als das so was geheim bleiben würde. Tröste dich, ich zum Beispiel laufe ohne Schwanz herum. Ist für meine Rasse auch ein riesen Makel. Aber wie ich sehe, bist du allein unterwegs. Bist du ausgebüchst?"

„Bevor ich das konnte, wurde ich ausgelagert."

„Waaas! Er hat dich davongejagt?"

„Wenn es nur so gewesen wäre. Er hat mich an einer versteckten Stelle im alten Hafen, am Eingang zum Trockendock mit einem Seil angebunden. Ich sollte sterben, verhungern und verdursten. Beinahe hätte das auch geklappt. Aber ich wurde, äh, ich konnte mich mit letzter Kraft befreien."

'Hups, dachte Snowbird, da habe ich ja gerade noch mal die Kurve bekommen. Vorsicht, du altes Plappermaul. Du kennst dein Gegenüber nicht.'

Aber er freute sich doch über die neue Bekanntschaft.

„Wie heißt du denn und was bist du?"

„Oh, entschuldige. Wie unaufmerksam von mir. Man nennt mich hier Lingas und ich bin ein English Toy Terrier."

„So, so. Lingas – der Lux. Wieso nennt man dich so?"

„Nun ich bin schnell und aufmerksam wie mein Namensgeber, habe wohl auch so schöne Ohren, ohne eitel sein zu wollen. Vor allem höre ich mit denen ganz phantastisch."

Snowbird spürte den Stolz seines Gesprächspartners bei der Aufzählung der Eigenschaften. Aber er drehte dabei nicht ab. Das gefiel ihm.

„Und wie kommst du hierher, Lingas?"

„Oh, das ist nicht so, wie du denkst, Husky. Ich habe ein Quartier bei einer englischen Lady und ihrem Lord hier in der Altstadt. Ich gehe nur ab und zu spazieren, wenn es mich überkommt.

Aber wie heißt du nun, du Weißfell?"

„Du hast es ja schon fast erraten. Weil ich so aussehe , heiße ich Snowbird."

Der Husky wartete auf ein leises Kichern oder eine Beileidsbekundung. Nichts der Art kam von seinem neuen Bekannten. Statt dessen wollte er nur wissen, wohin der andere unterwegs war.

„Ich habe kein richtiges Ziel. Ich wollte nur mal wieder den Hafen und den Strand erkunden."

„Dann will ich dich nicht länger aufhalten, mein Lieber. Ich muss zurück. Dir viel Spaß noch und vielleicht sieht man sich mal wieder."

„Danke, Lingas. Dir auch alles Gute!"

Im nächsten Augenblick war der English Terrier verschwunden.

Snowbird konzentrierte sich wieder auf seine Umgebung. Hier gab es für den Moment nichts Neues zu entdecken. So beschloss er, weiter zu laufen bis zum Nea Agora drüben im Mandraki.

Um dahin zu gelangen nahm er nun die Uferstraße. Das Hafengebiet war umzäunt und er wollte da
nicht unnötig auffallen.

Er durchquerte die zwei Tore der Altstadtmauer, durch die die Straße führte und war dann schon im Mandraki angekommen. Noch wenige Meter und er stand vor dem riesigen Geviert, welches das Marktgebäude bildete – die Nea Agora. Der Ring bestand aus Geschäften und Läden auf der Außenseite. Innen waren es meist Restaurationen . Hier fanden sich nur noch ein paar Goldgeschäfte. Das innere Gebiet der Agora war aufgeteilt in die Außenbereiche der kleinen Restaurants. Hier stieg ihm der Duft von Souvlakis und frisch gebratenem Fisch in die Nase. Er umschlich die verschiedenen Gastwirtschaften. Er fand auch tatsächlich einen unaufmerksamen Gast, der seinen Teller allein gelassen hatte. Er angelte sich das Steak, dass noch blutig war und für ihn zauberhaft nach Jagd roch.

Snowbird suchte sich ein schattiges Plätzchen, verspeiste sein Mal und hielt Siesta.

Er musste eingenickt sein. Sich mit hohen Stimmen unterhaltende Katzen schreckten ihn auf.

„Ich sage euch, die hausen auf der „Atlantic". Ich habe diesen dreibeinigen Kerl da gesehen."

„Und du denkst, weil er da war, tun das auch die anderen?"

„Warum denn nicht! Macht doch Sinn. Oder hat einer von euch die Meute schon mal woanders gesehen?"

Es folgte schmatzende Stille, die allerdings nicht lange vor hielt.

„Also der Fisch hier war auch schon mal besser. Wir sollten das Restaurant wechseln, Queeny!"

„Machen wir. Aber noch mal zurück zu diesen Streunern. Wir sollten Tiger davon erzählen. Soll die sich ihren hübschen Kopf zerbrechen, was sie mit dieser Info anfangen will."

„Was bringt uns das?"

„Nun, sie lässt uns in Frieden. Vielleicht brauchen wir sie mal. Und eine extra Portion Fisch wird sie dafür allemal springen lassen."

„Das machen wir so, Queeny. Aber vorher brauche ich noch ein süßes Dessert. Lass uns mal da drüben schauen, was der Zweibeiner im Angebot hat."

Snowbird hörte die Aufbruchgeräusche der Katzen. Sie tapsten davon.

Er selber blieb noch im Schatten des Torbogens liegen, horchte auf die Geräuschmusik und verwöhnte seine Nase mit den Wohlgerüchen der vielen Grills hier im Markt.

Als es langsam dunkel wurde, machte er sich auf den Weg zum Schiff. Er stöberte noch ein wenig in den Abfällen und fand leckere Dinge.

Tricki, Flower und Kasper freuten sich, mussten sie doch so nicht selber los zur Frischfutterbeschaffung.

Snowbird erzählte beim gemeinsamen Frühstücksabendbrot von seinen Erlebnissen. Fast wortwörtlich gab er das Gespräch der Katzen wieder. Als er zu dem Passus mit dem dreibeinigen Kerl kam, entschuldigte er sich bei Kasper. Der mampfte ruhig weiter.

„Brauchst du nicht, Snowbird. Damit kann ich umgehen."

Er zupfte sich noch einen Souvlaki vom Teller.

„Aber wenn ich diese kleine, mausgraue Schabe erwische, dann...dann..."

Kasper schnaufte vor Erregung. Die anderen am Tisch hatten wieder ihren Spaß. Der so zornig daher redende Kasper sah so lustig aus mit seinen aufgerissenen Augen und den kleinen wutig zitternden Ohren.

„Wieso mausgrau, Kasper?"

Der hörte auf zu schnaufen.

„Weil ich denke, dass das von Minka kam. Und die ist so grau wie die

Mäuse, die sie fangen soll."

„ Zu Madame Queeny gehören drei weitere Katzen. Aber ich nehme an, nur eine hat ununterbrochen gesprochen. Und das macht immer nur die graue Maus."

Lady brachte diese Erklärung für den Neuling in Sachen Katzen.

„Wieso hat sie gebrochen?"

Kasper leckte sich die Pfoten und schaute in die Runde.

„Ach du!"

Tanita grinste.

„Nicht gebrochen. Gesprochen, geredet, gequatscht."

„Ach so. Was die so alles kann, auf einmal."

Damit schnappte sich Kasper noch einen Fisch.

Snowbird hatte noch eine Frage.

„Arbeitet diese Queeny immer für Tiger?"

Flower rümpfte verächtlich das niedliche Stupsnäschen.

„Die arbeitet für jeden, wenn es gut entlohnt wird."

Tricki legte dann die Pfote in die Wunde.

„Was machen wir nun? Wie schützen wir uns? Die kommen bestimmt zum Rumschnüffeln."

Tanita ergänzte Tricki noch um einen weiteren Punkt.

„Nachts ist das ja keine Sache. Aber was machen wir tagsüber? Snowbird kann nicht die ganze Zeit über für uns Wache schieben."

Es folgte ein angespanntes Schweigen.

„Snowbird, würdest du die nächsten ein, zwei Tage auf uns aufpassen? Das verschafft uns Zeit , um uns einen Plan auszudenken."

„Natürlich! Das mach ich, Lady. Da kann ich mich schon mal ein wenig revanchieren."

„Gut. Dann machen wir das so."

Und zu den anderen gewandt, fügte sie hinzu:

„Und nun lasst uns schauen, was die Stadt heute Nacht zu bieten hat."

„Oh, toll!"

Kasper drehte aufgeregt seine Freudenpirouette.

„Wisst ihr, im Stadion ist heute ein Musikkonzert mit vielen Menschen und..."

„Mit Souvlaki und Bifteki meinst du wohl?"

Flower strich über ihre Locken, auf die sie sehr stolz war.

Kasper hatte inne gehalten und den Kopf schief gelegt.

„Jawoll! Was spricht dagegen? Ich liebe Parties mit Bifteki und Souvlaki."

„Bist du denn nicht satt geworden?"

„Schlapp, siehst du! Selbst Snowbird erkennt, dass ich noch was vertrage. Und der Weg zum Stadion ist lang. Bis wir da sind, kann ich dann wieder gut etwas Delikates vertragen."

Damit drehte er sein spitzbübisches Gesicht zu Lady, blinkerte mit seinen braunen Knopfaugen und lächelte sein strahlendstes Kasperlächeln. Gerade so, als bitte ein Liebhaber seine Liebste um einen Kuss.

Snowbird spürte die Liebe und Verbundenheit der Gruppe zueinander und besonders zu Kasper. Es freute ihn sehr, dazu zu gehören.

„Dir kann man wirklich nur schwer was abschlagen, Kasper. Wenn wir dich nicht hätten, gäbe es seltener was zu Lachen und deine tollen Ideen würden auch ständig fehlen."

„Das heißt ja, Chefin?"

„Das heißt es, du Spaßvogel."

„Super!"

Kasper machte einen Sprung hin zum Decksaufgang. Dort fiel ihm noch etwas ein.

„Muss das nicht 'Spaßhund' heißen? Ich kann doch gar nicht fliegen!"

Von Tanita, die ihm am nächsten stand, bekam er einen freundlichen Klaps auf sein Hinterteil.

„Jetzt lass uns losgeh`n, du Spaßhund!"
Dass die fröhliche Stimmung bald verfliegen sollte, konnten die sechs Freunde da noch nicht ahnen.

Kasper hatte natürlich maßlos übertrieben. Vom Trockendock bis zum Diagoras- Stadion waren es gerade mal zehn Minuten für die Hundeschar.

Es wurde eine vergnügliche Nacht voller Wohlgerüche und geschmacklicher Höhepunkte. Lange war es her, dass sie alle gemeinsam so ausgelassen und unbeschwert gefeiert hatten. Selbst Lady vergaß fast die Zeit.

„Leute, wir müssen! Bald wird es hell!"
Ihre Vorderpfote berührte Snowbird.
„Huskyman. Du kannst ruhig noch etwas bleiben. Wir springen eh nur noch in die Kojen. Und Tiger schläft morgens gern länger. Also kannst du dir ein paar Minuten mehr Zeit nehmen."
„Ok, Lady. Wenn das für dich in Ordnung geht, dann machen wir das so."
Lady schob den noch immer kauenden Kasper in Richtung Ausgang.
„Los, du Vielfraß! Wir müssen dich ja rollen, so dick und rund hast du dich gestopft."
„Alles gut. Ich muss ja noch wachsen. Verbraucht sich alles!"
„Du und deine Ausreden. Du bist ein Vampirhund. Du bleibst so wie du bist."
Die Fünf machten sich auf den Heimweg. Aber Kasper trödelte. Er hatte Wegzehrung mitgenommen und außerdem wurde er langsam müde.
Da alle auf Kasper achteten, beobachtete niemand von ihnen die Umgebung und die Straße. Als Tanita das am oberen Ende des Docks geparkte Auto sah, war es bereits zu spät.

Lady erfasste die Situation mit einem geübten Blick.

„Lauft! Lauft los! Jeder von euch nimmt einen anderen Weg und versteckt sich bis zum Abend wo auch immer, in einem Holzhaufen, einem Erdloch, auf einem anderen Boot. Keiner läuft nach Hause! Habt ihr das verstanden? Nicht nach Hause!"

Die vier Hundefänger waren schon gefährlich nah. Sie hatten den Trupp längst entdeckt. Vor ihnen her lief Tiger.

„So eine Schlampe!"

Selbst Lady vergaß jetzt ihre gute Erziehung.

„Was macht sie denn da?"

„Sie gibt sich als Köder aus, damit die Männer uns finden und fangen. Also los, Kinder, es geht um die Wurst!"

„Wurst? Wo? Ein Stückchen geht noch rein."

„KAAASPEEER!"

Ein unisono – Schrei aus vier Kehlen folgte seiner Bemerkung.

Die Fünf wechselten nochmals einen Blick, dann stoben sie auseinander. Wie besprochen, jeder in eine andere Richtung.

Die Flüche der Männer hinter ihnen waren laut zu hören.

Auch Tiger hatte die Situation erfasst und folgte ihrer Erzfeindin.

So brachte sie den Anführer der Hundefänger dazu, ihnen zu folgen.

Der glaubte , er könne beide Hunde gleichzeitig fangen.

Der kleine Kasper war nicht weit gelaufen. Schnaufend versteckte er sich hinter einem großen Stapel alter Planken. Er musste dringend pausieren.

'Da habe ich wohl doch ein wenig übertrieben mit dem Futtern! Aber was mach ich jetzt?'

Als er so nach einem Ausweg suchte, fiel ihm schlagartig ein, das keiner an Snowbird gedacht hatte. Der würde irgendwann gemütlich nach Hause laufen. Die Chefin vermutete bestimmt richtig, dass Tiger eine Spur zum Boot gelegt hatte. Kasper mochte den Neuen. Er war so ruhig und gelassen und war ihm nie böse wegen seiner Streiche.

„Ich muss ihn warnen!"

Kasper sicherte nach allen Seiten, dass lief er los. Von den Männern war nichts zu sehen. Nur hören konnte er die Rufe, mit denen sie sich verständigten.

Snowbird war auf der Kolokotroni unterwegs. Der Morgen kündigte sich an. Die letzten Konzertbesucher hatten das Stadion verlassen. Die allerersten Arbeiter waren unterwegs.

Ohne Vorwarnung prallte das Fellknäuel auf ihn drauf. Snowbird wusste im Moment des Zusammenstoßes wer das war und sofort schrillten seine inneren Alarmglocken laut und heftig.

„Kasper! Was ist passiert?"

Gehetzt und verzweifelt nach Luft ringend berichtete Kasper seinem Freund von Tiger`s Falle und seiner Trödelei.

„Ich...weiß...aber...nicht...wie...sie...das...gemacht...hat."

„Das finden wir später heraus. Wir schauen, ob wir die anderen finden und überprüfen, was auf dem Boot los ist. Komm, Kleiner!"

Vorsichtig schlichen sie zum Boot. Von den anderen lief ihnen keiner über den Weg.

„Pass auf, Kasper! Ich rieche überall Fallen."

Kasper sah den Husky erstaunt an.

„Wie machst du das denn?"

„So genau weiß ich das nicht. Aber meine Nase riecht andere Dinge hier als sonst und es fehlen die alltäglichen Geräusche wie das Zwitschern der Vögel oder das Nagen der Mäuse. Beschreib mir alles, was du siehst und nicht hierher gehört, kleiner Freund."

Kasper trieb es fast die Tränen in die Augen. Er fühlte dich schuldig, dass die Hundefänger sie gesehen hatten wegen seiner Trödelei auf dem Nachhauseweg. Und der Husky nannte ihn trotzdem noch Freund.

Snowbird ahnte, was in dem sonst so lustigen kleinen Kerl vor ging.

„Mach dir keine Gedanken, Kasper. Wenn einer schuldig ist, dann ist das Tiger mit ihrem verwerflichen Plan. Dafür bist du nicht verantwortlich."

Kasper schluckte.

„Woher..."

„Nachher, Kleiner. Was siehst du?"

„Hier liegt ein Seil."

„Wie liegt es – gerade oder als Schlaufe?"

„Als Schlaufe. Aha, jetzt verstehe ich. Warte! Ja, an der Seite ist ein Metall gespannt."

„Das ist bestimmt eine Feder. Such ein Stück Holz oder ein Rohr und halte das in die Schlinge. Aber sei vorsichtig!"

Sekunden vergingen. Dann knackte es vernehmlich.

„Auweia!"

„Kasper! Alles in Ordnung?"

„Jupp! Aber wenn man da so zuschaut, heilige Hundesch -"

Snowbird unterbrach seinen Redeschwall.

„Such weiter."

„Hier steht noch was, das sieht aus wie eine große Mausefalle."

„Ok, selbes Prinzip."

Ein weiterer Knacks und ein zufriedenes Zischen von Kasper waren kurz darauf die Antwort.

„So, vor dem Boot ist alles sauber."

„Dann springst du jetzt als Erster auf das Deck."

„Warum ich?"

„Kleiner, denk nach. Du hast Augen und kannst sehen. Falls du im Sprung noch etwas bemerkst, kannst du noch reagieren."

„Ich weiß nicht, ob ich das kann, Snowbird."

„Natürlich kannst du das. Du weißt es nur noch nicht."

Der tapfere Kasper sprang. Tatsächlich lauerten an Deck, kurz hinter der Reling in ihrem Sprunggebiet, drei Schnappfallen.

Snowbird hörte es an Bord rumoren, gefolgt von einem dreifachen Klicken. Dann erst erklang Kaspers schon wieder etwas fröhlichere Stimme.

„Du hattest Recht! Drei von diesen Riesenmäusefallen stehen hier schön aufgereiht. Sie sind bereits unschädlich gemacht. Ich räume sie noch ein Stück zur Seite. So, jetzt kannst du kommen, Snowbird."
Der ließ sich das nicht zweimal sagen.
Mit seinen ausgezeichneten Instinkten und Kasper`s scharfen Augen erforschten sie den Rest von Deck und Oberdeck.
„Ich glaube, nun haben wir alle Fallen gefunden. Eh, warte mal, hier hängt noch so ein komisches Seil herum. Oh, Mist, ich bin gestolpert. Was...was ist das? Snowbird, Hilfe!"
„Kasper, versuch ruhig zu bleiben,beweg dich nicht zu viel."
Die suchende Huskyschnauze fand den baumelnden Kasper.
„ Es fühlt sich an wie ein Netz."
„Ja. Es fiel vom Himmel, als ich über das Seil gestolpert bin."
„Kannst du sehen, wo das Seil her kommt? Schau dich um, langsam und vorsichtig, damit es sich nicht noch mehr zuzieht."
Kasper brauchte eine ganze Weile, bevor er sich so weit beruhigt hatte, dass er die Welt außerhalb seines Netzgefängnisses wieder wahrnehmen konnte.
„Das Seil ist an der linken Seite der Reling fest gemacht, neben der Sitzbank. Von da läuft es zum Großmast. Es ist oberhalb vom Baum fest gemacht."
„Kasper, dir scheint es schon wieder gut zu gehen, wenn du mich schon wieder auf die Pfote nehmen kannst. Wir sind auf unserem Schiff, da steht kein Baum."
„Snowbird, wenn das hier vorbei ist, gehst du bei mir in die Segel – Schule. Unser schönes Schiff ist eine Yawl. Das ist ein Anderthalbmaster. Hier vorne im Bug, wo ich leider gerade baumele, das ist der sogenannte Großmast. Das an ihm befestigte Rundholz, das nennt man Baum."
„Was du so alles weißt!"
„Das habe ich gelesen."
Kasper lotste den Husky zur Sitzbank an der Reling. Der Knoten war

für ihn ein Kinderspiel. Zurück am Großmast stemmte er sich auf die Hinterpfoten und fand die Verbindung zum Baum. Hier hatten die Hundefänger einfach einen eisernen Ring eingeschlagen und das Seil befestigt. Durch Kasper`s Gewicht im Netz war dieser Knoten stark zusammengezogen und stand unter Druck. Snowbird beschloss deshalb, das Seil vor dem Knoten durchzubeißen. Das war nicht einfach, aber schließlich gelang es. Kasper verfolgte seinen Rettungsversuch aufmerksam und so vergaß er sogar seine Panik.

Das plötzlich freie Ende des Seiles rauschte davon und noch ehe Snowbird den kleinen Foxterrier Podengo warnen konnte, sauste das Netz auf das Vordeck. Hundegott sei Dank, war das Netz nicht zu hoch aufgehängt gewesen.

Snowbird eilte zur Absturzstelle, zog das Netz noch etwas weiter auf. Dankbar krabbelte Kasper aus der luftigen Gefängnishülle.

„Danke, Snowbird!"

„Alles gut. Ich habe mich jetzt praktisch revanchiert."

„Ja, hast du. Super! Toll! Extraklasse! Was machen wir nun?"

„Viel mehr können wir jetzt nicht tun. Wir verstecken uns in der Nähe, passen auf, ob die Hundefänger wiederkommen. Am Abend suchen wir die anderen."

Snowbird und Kasper krabbelten in ein altes Ruderboot, das ein Stück entfernt von der „Atlantic" auf dem Sand lag und mit einer alten Plane abgedeckt war. Durch ein paar Löcher in der Plane hatten sie eine prima Sicht auf ihr Schiff.

Snowbird blickte aufmerksam hinaus. Als auf eine Bemerkung von ihm keine Antwort kam, stellte er fest, dass Kasper eingeschlafen war. Nach einer solchen Nacht und so einem aufregenden Morgen nur zu verständlich.

Snowbird beschloss, die Wartezeit ebenfalls für ein Nickerchen zu nutzen. Sein Gehör blieb aktiv und so würde er nichts verpassen.

Sie kamen am späten Nachmittag.

Snowbird hörte das Erstaunen in den Stimmen der Männer. Sie

bauten enttäuscht die Fallen ab.

„Da brauchen wir nicht mehr zu warten. Wenn diese Superhunde alle Fallen gefunden haben, dann sind die weg und haben das Schiff verlassen."

Kasper schreckte hoch.

„Es ist alles in Ordnung. Die Männer sind gleich weg. Dann haben wir das Boot wieder für uns."

Ungeduldig warteten die beiden im Versteck auf die Nacht.

Tricki und Flower tauchten zu Erst auf.

„Wir haben uns unterwegs getroffen."

Auf Tanita mussten sie nicht lange warten.

„Ich habe schlechte Neuigkeiten. Die Fänger haben Lady gekriegt. Ich war auf dem Weg in ihr Versteck auf dem Friedhof. Leider sah ich nur noch, wie sie sie in eine große Kiste gesperrt haben."

„Hast du mitbekommen, wohin sie gefahren sind?"

„Richtung Kalithea. Aber ich bin lieber hierher gekommen, als ihnen zu folgen."

„Das war auch richtig so. Ihr geht auf die „Atlantic". Ich mache mich auf den Weg nach Kalithea."

„Nimm mich mit, Snowbird!"

„Nein, Kasper. Du warst so toll heute. Ruh` dich mit den anderen aus. Außerdem müsst ihr trotzdem Wache halten. Du bist hier entschieden nützlicher."

Der Husky machte sich bereit.

„Sag, Tanita, hat die kleine Chefin dich eventuell gesehen?"

„Hat sie!"

„Gut. So kann sie annehmen, dass Hilfe unterwegs ist und legt vielleicht eine Spur, wenn es ihr möglich ist."

Er lief los, wissend, dass er die Hauptstraße nach Kalithea nehmen musste. Das war gefährlich. Er war so schneller und einfacher zu sehen. Aber die Fänger waren auch mit ihrem Auto auf der Straße unterwegs. Hoffentlich fand er die kleine Lady. Wenn er an sie dachte, wurde ihm so merkwürdig warm um`s Herz, anders als bei Kasper. Den mochte er wie, ja wie einen jüngeren Bruder. Die Jack – Russell – Hündin dagegen verfolgte ihn noch in seinen Träumen. Snowbird schüttelte die wirren Gedanken aus seinem Kopf und konzentrierte sich auf seine Suche.

Gleichmäßig trabte er die Straße entlang. Aufmerksam lauschte er auf jedes Auto, das vorbei fuhr. Die Suche gestaltete sich schwierig, da es jede Menge Seitenstraßen und Abzweigungen gab. Jede konnte der Wagen genommen haben. Und er hatte noch keine Witterung aufgenommen.

Plötzlich fühlte er sich verfolgt. Er hielt die Nase in den Wind. Den Geruch, der seine Gehirnsynapsen reizte, den kannte er. Es war zum Glück kein Mensch.

„Hallo, Lingas."

„Hallo, mein weißer Bruder. Wohin des Weges?"

Snowbird antwortete, ohne stehen zu bleiben.

„Ich suche eine Freundin."

„Bist du hinter den Hundefängern her?"

Der Husky stoppte abrupt und Lingas konnte gerade noch ausweichen.

„Woher weißt du das?"

„Die rhodianische Hundewelt ist seit zwei Tagen in Alarmbereitschaft deswegen. Die Fänger sind sonst zu festen Terminen in der Stadt unterwegs. Diesmal macht es eher den Eindruck einer ganz speziellen Jagd."

„Damit hast du ins Schwarze getroffen. Die Männer suchen uns, besser gesagt, meine Freundin und ihre vier Freunde."

„Wieso?"

Snowbird lief weiter und Lingas folgte ihm.

„Das klingt jetzt vielleicht lächerlich, aber es scheint sich um einen Krieg zwischen zwei feindlichen Gruppen zu handeln. Die eine Chefin – Tiger – kann meine Freundin – Lady – nicht leiden."

Snowbird erzählte in Kurzform, was er erlebt und gehört hatte.

„Klingt ja abenteuerlich. Aber wie hätten sie das anstellen sollen?"

„Außer der kriminellen Energie von Tiger vermuten wir noch, dass die Katze Queeny auch mit drin steckt in diesem Komplott."

„Das kann stimmen. Queeny und ihre Damen treiben sich gern in der Nähe vom Tierheim rum und machen sich bei den Menschen dort Liebkind. Da sind auch die Hundefänger anzutreffen."

„Du kannst dir also vorstellen, dass die gemeinsame Sache machen?"

„Na klar doch! Die suchen immer nur ihren Vorteil. Vielleicht hat es Tiger auf euer schönes Schiffchen abgesehen. Das ist, so viel mir bekannt ist, und ich kenne die meisten Boote, ob zu Wasser oder im Dock, das Luxuriöseste überhaupt."

Während sich die beiden unterhalten hatten, waren sie an einer weiterer Kreuzung angekommen.

Snowbird blieb stehen.

„Lingas, hast du eine Idee, wie es weiter gehen könnte?"

„Hab ich, mein Freund. Ich würde es hier links versuchen in Richtung Wasser. Da unten ist eine kleine Taverne. Die gehört dem Bruder des einen Häschers. Sie können dort umsonst essen und trinken. Ich glaube, gerade nach einer erfolgreichen Jagd lassen die sich das sicher nicht entgehen."

Snowbird brummte ein Einverständnis und sie wendeten sich in diese Richtung.

Sie waren noch auf der Kreuzung, als Snowbird einen sehr bekannten Geruch wahrnahm.

„Sie war hier. Ich rieche sie."

Schnüffelnd, seine Supernase auf dem Boden zog er Kreise. Lingas suchte mit den Augen.

„Snowi, hier liegt ein Stofffetzen, duftet gar lieblich."

Der Husky stürzte sich auf das schmutzige Stück Stoff, versenkte seine Schnauze tief in den Fasern und inhalierte den geliebten Duft.

„Ja, oh ja, das ist sie. Ich habe Recht behalten. Sie hat Tanita noch gesehen und gibt uns Hinweise."

Lingas konnte zwischen den Seufzern lesen.

„Mein Freund, du bist verliebt."

„Was meinst du?"

„Hoffentlich führt dieser Hinweis nicht nur zum nächsten."

„Nein, nein! Wir finden sie ganz sicher!"

Schon kurz nach dem Verlassen der Kreuzung auf dem von Lingas vorgeschlagenen Weg witterte Snowbird seine Herzensdame erneut. Diesmal war es ein Stück Plastik mit ihren Geruchsanhaftungen.

„Feines Mädchen! Wir sind richtig, du Lux. Du hast knochensplittermäßig kombiniert."

Es kam eine Kurve, dann noch eine und dann...

„Snowbird, ich sehe das Auto!"

Unhörbar schlichen die acht Pfoten näher an den Kastenwagen heran. Die vier Ohren waren spitz gespitzt. Die zwei Supernasen fanden jedes noch so winzige Geruchsmolekül.

„Vorsicht, Snowbird, ich sehe die Taverne und die Männer sitzen im Garten."

„Ich höre sie, Lingas."

Gespannt wie zwei Panther zum Sprung umrundeten sie den Wagen. Auf der der Taverne abgewandten Seite erhob sich Snowbird auf seine Hinterpfoten zu seiner vollen eindrucksstarken Größe und kratzte an der Blechwand. Einmal... zweimal, nichts! Nach einer kurzen Pause versuchte er es erneut. Diesmal kam nach dem zweiten Scharren eine Antwort. Dann hörte der Husky seine kleine Freundin.

„Huskyman, bist du das?"

„Ja, Ladoula, ich bin`s. Wir holen dich gleich raus."

„Wer ist bei dir? Es ist keiner von uns."

„Nein. Es ist ein guter Freund. Ich habe ihn neulich im Hafen kennengelernt. Er ist vertrauenswürdig. Ohne ihn hätte ich dich wahrscheinlich nicht gefunden."

„Beeilt euch bitte! Wir stehen hier schon eine geraume Weile und ich denke, es geht bald weiter."

Die beiden Retter untersuchten den Kastenteil des Wagens. Das Heck war so gestaltet, dass der untere Teil eine extra Klappe war. Der obere Teil war die Tür.

„Die Tür schlägt wahrscheinlich nach oben weg. Clever! Kleinere Hunde haben weniger Chancen, wieder raus zu kommen."

„Na ja, auch für uns wäre es schon schwer."

Plötzlich war hinter ihnen eine kesse neugierige Hundestimme zu vernehmen.

„Herr. Welcher Herr? Von wem sprecht ihr?"

Lingas wirbelte herum und ging in eine knurrende Drohhaltung über.

„Kasper, was machst du hier? Du solltest bei den anderen bleiben."

„Gehört der zu dir?"

„Ja, ist unser kleiner Naseweis."

„Ph, von wegen. Aber ich kann doch nicht einfach rumsitzen und warten. Ich will helfen!"

„Ist ja gut. Gib uns eine Sekunde!

Lingas wir müssen probieren, ob wir die Tür aufbekommen. Wenn wir Glück haben, ist sie nicht abgeschlossen."

Sie versuchten es. Beide kamen sie an den Griff heran mit den Schnauzen. Aber es fehlte dann die Kraft, ihn auch nach oben zu drücken.

„Kasper, komm mal her!"

Der kam angeflitzt und sprang Snowbird sogleich auf den Rücken.

„Hey, woher weißt du..."

„Ich weiß es eben. Nur weil ich klein bin, bin ich nicht begriffsstutzig."

Im selben Moment ertönten Geräusche von der Taverne. Stühle kratzten über den Boden, Fußtritte erklangen.

„Beeilt euch! Sie kommen! Ich lenke sie ab."

Snowbird stemmte sich fest gegen die untere Klappe. Kasper verkrallte seine einzige Hinterpfote fest im dichten Fell seines Unterpartners. Er benutzte Schnauze und Vorderpfoten und nach einigen Versuchen gab der Griff tatsächlich nach. Der kleine Podengo drückte ihn ganz nach oben. Ein leises Klicken war zu hören.

„Spring ab, Kasper, sonst trifft dich die Tür."

Noch ehe Snowbird seinen Hinweis komplett ausgesprochen hatte, landete Kasper bereits neben ihm auf dem Asphalt der Uferstraße.

Die Tür schwang nach oben auf. In der Öffnung war Lady`s Gesicht zu sehen.

Aber nun hatten die Männer bemerkt, dass sich jemand an ihrem Auto zu schaffen machte.

„Hey, Finger weg, wer immer ihr seid!"

Sie sprinteten los.

Da sprang ihnen ein großer, dunkler Schatten in den Weg.

„Was zum Teufel...das ist ein Hund!"

„Aha. Dich sollen wir gleich noch mitnehmen, ja? Dann lohnt sich die Fuhre wenigstens."

Die Männer nahmen die Verfolgung auf.

Lingas führte sie vom Kastenwagen weg. Dort sprang die Jack – Russell – Hündin gerade auf Snowbird`s Rücken und von dort auf die Erde.

„Guten Abend, Snowbird. Hallo, Kasper. Danke! Schön euch zu sehen, in Freiheit."

„Gern geschehen. Aber wir sollten unverzüglich los. Ich muss nur noch mal nach Lingas schauen. Vielleicht braucht er jetzt Hilfe."

Die drei setzten sich in Bewegung.

Der Toy Terrier flog aus dem Dunkel auf sie zu und machte eine vortreffliche Spitzkehre.

„Haut ab, ich komme schon zu Recht. Ich verschwinde gleich im Dickicht dahinten. Super Fluchttunnel."

Damit schoss die lebende Hunderakete davon.

Lady, Kasper und Snowbird machten sich auf den Heimweg – in die entgegengesetzte Richtung.

Nun mussten sie nicht die Straße nehmen und liefen über die Felsen am Wasser entlang.

„Du hast Tanita also wirklich noch gesehen."

„Ja, aber es war nicht so einfach, eine Spur zu legen. Erst an dieser Kreuzung hatte ich das Loch in der Seitenwand entdeckt."

„Gut gemacht!"

„Und ich? Ich war auch gut und sehr nützlich."

„Aber klar doch, Kasper. Ohne dich hätten wir die Tür nicht aufbekommen. Trotzdem solltest du in Zukunft machen, was man dir sagt!"

„Wo bleibt denn dann der Spaß?"

„Wie bitte?"

„Mach ich, mach ich ganz bestimmt. Aber ich war toll!"

Kasper hob seine kleine Schnauze stolz in den kühlen Nachtwind. Er lief einige Pfotenlängen vorne weg.

„Du lächelst, kleine Lady?"

„Mhm. Ich habe ihn einfach gern und ich bin so froh, dass ihr mich gefunden habt. Den Tag hab ich nur überlebt, weil der Wagen geschlossen und somit dunkel war. Manchmal haben die einen offenen. Das wär's dann schon gewesen. Und das alles nur wegen dieser neidischen Zicke."

Als die drei endlich am Boot ankamen, gab es ein großes Hallo. Tanita hatte gemeinsam mit Tricki und Flower schon ein echtes Festmahl hergerichtet. Es gab dabei so viel zu erzählen, dass der Rest der Nacht fast zu kurz dafür war.

Als die anderen ihre Kojen aufsuchten, blieb Lady noch einen Augenblick.

„Danke nochmal, mein Weißer. Ohne dich hätte ich es diesmal nicht geschafft. Ruh dich aus, ja? Du hast zwei Tage und Nächte kaum geschlafen."

„Ich bin auch ziemlich kaputt. Wenn ich ausgeschlafen habe, sehe ich nach Lingas. Wir haben ihm viel zu verdanken."

„Jepp. Vielleicht bekommt ihr noch heraus, wo sich Tiger, Queeny und Konsorten rum treiben. Es wird Zeit, dass sie merken, dass man sich mit uns nicht ungestraft anlegt. Gute Nacht, Snowbird."

„Gute Nacht, Lady."

Snowbird hörte noch, dass Lady etwas vor sich hin murmelte, als sie ging, konnte aber nicht mehr verstehen, was sie gesagt hatte.

Die wiederholte das Gesagte, für sich bestätigend.

„Ja, ja. Vielleicht ist es mal wieder an der Zeit für ein kleines Trinkgelage."

Nach einer ausgiebigen Morgenruhe bis fast zum Mittag des neuen Tages und einem ausgiebigen kräftigenden Frühstück machte sich Snowbird auf den Weg zum Fährhafen. Er lief herum und fragte andere Hunde, ob sie Lingas schon gesehen hatten. Alle verneinten.

Er war gerade dabei, einen weiteren der Streuner zu befragen, als die Antwort hinter ihm ertönte.

„Hier bin ich, mein Freund. Entschuldige, dass du warten musstest, aber auch ich hatte eine kurze Ruhepause nötig."

Snowbird freute sich, dass Lingas gesund und munter vor ihm stand.

„Komm, Snowi, wir gehen heute zu mir. Hier ist so viel Trubel mit den ganzen Touris. Dann weißt du gleich, wo du mich findest, wenn du mich mal wieder brauchst. Außerdem ist heute Donnerstag, da gibt es immer frisches Fleisch vom Schlachter. Wir brauchen beide eine Stärkung."

Snowbird folgte gerührt dem Toy Terrier in sein Zuhause.

Sie liefen durch die verwinkelten Gässchen der Altstadt, vorbei am

Großmeisterpalast und der Agia Apostoli. Dann ging es noch mal links und noch mal rechts. Dann blieben sie vor einem der sauber herausgeputzten und renovierten Häuschen stehen.

„Du findest den Weg wieder?"

„Aber klar doch, mit geschlossenen Augen!"

„Haben wir einen Clown gefrühstückt?"

„Mir geht es einfach super, Lingas. Entschuldige den Scherz. Aber die kleine Lady ist wieder da und ich habe einen tollen Freund gefunden."

Lingas wehrte, nun doch ein wenig verlegen, ab.

„Ach was, das war gar nichts. Komm in den Garten."

Der Garten erwies sich als schattiges Plätzchen zwischen der alten Stadtmauer , die ihn auf der einen Seite begrenzte und den Hausmauern des eigenen und der Nachbarhäuser. Es duftete nach Blumen und Kräutern. Das frische Fleisch lag schon in der Schale.

„Bedien dich! Es ist immer reichlich vorhanden."

„Du hast einen guten Menschen abbekommen, Glückwunsch!"

Lingas kaute bereits.

„Stimmt! Weißt du was, ab jetzt machen wir jeden Donnerstag Herrentag. Du bist eine tolle Gesellschaft – nein, nein, ist einfach so. Wenn ich alleine so weitermache werde ich sonst noch zu dick. Ich kann einfach nichts verkommen lassen."

Über den Garten legte sich die mittägliche Ruhe, nur unterbrochen von den schmatzenden Wohllauten der beiden Genießer.

Nach der gemeinsamen Siesta machten sich die beiden Freunde auf die Suche nach Tiger und Queeny plus Anhang. Lingas kannte die meisten Treffpunkte sowohl der Tiger - Gang als auch der Queeny – Truppe. Den Rest des Tages beobachteten sie beide Gruppierungen sehr sorgfältig.

„Wen wollt ihr euch zu Erst vornehmen?"

„Sicher weiß ich das noch nicht. Aber so wie ich Lady kenne, nehme ich, an die Hunde. Die sind gefährlicher als die Katzen."

„Mhm. Wenn die Frettchen wirklich euer Boot kapern wollen, gibt Tiger auch so lange keine Ruhe."

Sie folgten Tiger´s Freund Schiefzahn, dem sie am Stadion begegneten. Der führte sie in ein Versteck an der östlichen Stadtmauer.

„Aha, da habe ich ja richtig vermutet, dass sie sich erst einmal vom Trockendock fern halten."

„Meinst du, die haben sich hier vorübergehend eingerichtet und sind auch nachher noch hier zu finden?"

„Das nehme ich an, aber wissen kann ich das natürlich nicht."

„Gut, ich sag der Chefin Bescheid. Willst du mit kommen oder auf uns warten?"

„Tut mir leid, Kumpel, Heute habe ich eine Verabredung mit einer reizenden Touristenpudeldame. Ich steh´auf Locken."

„Demnach nichts Festes?"

„Nein! Nun ich glaube, für so was bin ich nicht gemacht. Es gibt so viele süße lockige Hundemädchen unter der heißen Sonne von Rhodos."

Snowbird lachte sein dunkles Lachbellen.

„Dann zieh los, du Casanova. Wir sehen uns!"

Als der Husky mit den Neuigkeiten auf der „Atlantic" ankam, wurden nicht viele Worte gemacht.

„Liebe Freunde! Heute steht uns ein anderes besonderes Festmahl bevor. Es wird Zeit, dass die rhodische Tierwelt erfährt, dass wir uns nicht alles bieten lassen und uns verteidigen. Uns und unser Zuhause. Lange war solch ein Akt nicht nötig und wir sind von Natur aus keine blutrünstigen Monster. Doch wenn Zeus uns mit diesen Gaben beschenkt hat, dann will er auch, dass wir sie nutzen."

Ausgelassen war die Stimmung, als sich die Sechs in Bewegung setzten.

„Wieso Zeus? Du bist in England geboren.“

„Warum nicht! Bei den Griechen ist Zeus nun mal der Lenker der Geschichte. In England habe ich an nichts geglaubt. Die angeblich 777 Inseln des griechischen Reiches hat er doch gut hinbekommen.“

„Rhodos gehört aber Helios, der sie aus dem Wasser aufsteigen ließ.“

„Sei nicht so kleinlich, Kasper. Außerdem ist Zeus der Vater von Helios. Es hat sich einfach gut gemacht in meiner Rede, oder?“

„Hat es!“

Kasper verstummte und Snowbird führte sie zum feindlichen Lager an der Stadtmauer.

Angekommen, nahm die kleine Chefin den großen Husky bei Seite.

„Warte einen Moment. Ich möchte, dass du weißt, was heute Nacht hier geschieht. Du denkst wahrscheinlich, Tiger und ihre Gefolgsleute beziehen eine ordentliche Tracht Prügel.“

Snowbird nickte.

„Es wird ein paar blutige Nasen geben, unvermeidbar, wenn man sich schlägt.“

„Blutig ja, aber anders, als du denkst. Erinnerst du dich an meine Geschichte, mein Weißer?“

Jetzt schluckte der Husky.

„Das heißt, du willst sie töten?“

„Nicht wollen, Huskyman. Müssen! Sie werden uns nicht in Ruhe lassen, bis sie haben, was sie wollen. Ich muss aber meine Familie beschützen. Ich will die „Atlantic“ behalten und auf der Insel bleiben. Der Stärkere gewinnt. Wir haben den Überraschungseffekt auf unserer Seite, zumindest am Anfang. Und manchmal erklingt der Ruf der Natur. Wir sind alle, ob du oder ich, Jäger. Meine Freunde und ich sind spezielle Jäger der Nacht.

Ich bin dir nicht böse, wenn du nicht dabei sein möchtest.“

„Wie du schon richtig gesagt hast, wir sind alle Jäger.“

„Du Braver. Dann komm!"

„Flower, wie viele sind im Versteck?"

„Ich habe drei gezählt."

„Tiger?"

„Tiger ist nicht dabei und Schiefzahn auch nicht."

„Willst du noch warten?"

„Nein, Tricki. Tiger holen wir uns später. Die Jagd ist eröffnet!"

Kasper fing an laut zu bellen.

Tanita und Tricki schlichen zum Eingang des Versteckes, der durch Büsche verdeckt wurde.

Der erste Neugierige, ein Dackel, streckte die Nase zwischen die Büsche. Tricki schnappte zu, musste aber nachfassen. Tanita kam ihr zu Hilfe und verbiss sich in eines der langen Dackelohren.

Das Winseln schreckte die anderen zwei auf. Ein Chihuahua flitzte durch die Beine der drei Kämpfer am Eingang.

„Der ist für mich!"

Kasper stürzte ihm hinterher. Flink wie er war, dauerte seine Jagd nicht lange. Er traf den Kleinen gleich richtig beim ersten Zuschnappen. Der Chihuahua fiel auf die Seite und zappelte nicht mehr groß. Genüsslich machte sich der erfolgreiche Verfolger über seine Beute her. Tanita war bereits voll bei der Sache. Tricki drang in den Unterschlupf ein und stellte den dritten Bewohner, einen Mischling.

Snowbird hatte interessiert zugehört und die Gerüche aufgeschnappt.. Wider Erwarten fand er diese Jagd spannend und das Nachher irgendwie normal. Lady, die ebenfalls bisher nur Zaungast war, sicherte dabei doch nach allen Seiten ihre Familie ab.

Ein kreischender hoher Belllaut ertönte hinter ihr. Sie drehte sich herum und sah Tiger auf sich zustürzen.

Snowbird spannte sich zum Sprung.

„Keiner greift ein! Die gehört mir!"

Tiger´s Freund Schiefzahn war etwas weiter zurückgeblieben. Die

Fläche zwischen den beiden Stadtmauern, die den Schutzwall um die Altstadt bildeten, war sehr übersichtlich und so war er schnell ins Bild gesetzt. Seine drei Kumpel lagen bereits tot auf dem trockenen Rasen. Tiger war zwar mutig, aber auch unbeherrscht. Er rechnete ihr nicht viele Chancen ein. Er überlegte, ob ein leiser Rückzug nicht um einiges sinnvoller wäre und ihm das Überleben sichern könnte. Ehe er jedoch alles zu Ende gedacht hatte, nahte seines in Gestalt von Flower.

Schiefzahn war eine Bulldogge. Wie viele seiner Rasse und Leidgenossen bekam er schwer Luft. Die Pudeldame hatte ihn in weitem Bogen umrundet, griff von hinten an und sprang dem Armen auf den Rücken. Ohne zu zögern biss sie zu. In diesem Moment war von der lieben und verständnisvollen Pudelin nichts zu sehen. Sie wirkte eher wie ein gefräßiges schwarzes Monster. Verzweifelt drehte und wendete sich Schiefzahn und schnappte wie ein Ertrinkender nach Luft. Als letzte Möglichkeit versuchte er sich auf den Rücken zu wälzen. Aber Flower hatte das kommen sehen. Sie löste ihre Pfoten vom Rücken des Gegners, ohne jedoch den Biss zu lockern. Schiefzahn fiel nur auf die Seite und teilte das endliche Schicksal der anderen.

Das hatte auch Tiger mitbekommen und ihre Wut steigerte sich zur Raserei.

„Du Monster!"

„Daran bist du selbst Schuld, Tiger. Du hättest auch keinen meiner Freunde verschont!"

Die beiden Hündinnen verbissen sich ineinander. Das war nicht mehr damenhaft und auch kein bloßer Zickenkrieg mehr. Das war ein Nahkampf – Inferno mit spitzen Zähnen und geschärften Krallen.

„Hey, da komme ich ja noch rechtzeitig, mein Freund! Damenkämpfe mag ich besonders."

„Hallo, Lingas."

Kasper kam heran gespurtet und warf sich schwungvoll neben die beiden.

„Hallo, Lingas!"

„Hallo Kasper. So zufrieden? Dir hat die Jagd also gefallen, was?"

„Aber so was von! Das war schon lange mal wieder überfällig."

„Kasperle, putz bitte dein Schnäuzchen ordentlich."

„Welches Käuzchen, Snowbird? Ich habe keins gesehen. Für die gibt es hier nichts mehr zu holen."

„Wie meinst du das denn, Kleiner?"

Ehe Kasper oder Snowbird auf die Frage des Toy Terriers eingehen konnten, ertönte ein wahnsinniges Wutgebell.

Lady hatte Tiger an der Kehle gepackt. Als diese zum Sprung ansetzte, um Lady im Fall mitzureißen, hatte die ihre untrügliche Chance gewittert. Ruhig erwartete sie den Sprung, um dann unter der quasi für den kurzen Moment fliegenden Hündin den so ungeschützten Hals anzugreifen. Beide rollten zu Boden. Das Wutgeheul ging in ein Gurgeln über, das immer leiser wurde, um dann plötzlich zu enden.

Fasziniert hatte Lingas dem Ende des Kampfes zugesehen. Er erwartete nun, dass Lady sich erheben würde. Aber was war das?

„Snowi? Was macht deine Freundin da? Das sieht aus, oh du heilige Hundescheiße, die trinkt doch nicht etwa? Halluziniere ich oder tut sie das wirklich?"

Snowbird blieb kühl und zurückhaltend.

„Tut sie."

„Aber wieso tut sie das? So etwas kenne ich nur aus Filmen, die meine Menschen schauen. Da machen das Menschen mit Menschen. Man nennt die, glaube ich, Vampire. Aber das soll ein Mythos sein."

Lingas schaute immer noch gebannt auf die Jack – Russell – Hündin.

„Machst du, ehm, so was auch, Snowi?"

„Nein, mach ich nicht."

Als Lady ihre Schnauze hob und sich zurücklehnte, löste Lingas seinen Blick von dieser Szenerie.

„Ich soll wirklich glauben, dass deine kleine Freundin ein Vampir ist?“

"Nicht nur sie."

„Die anderen auch?“

„Alle Fünf.“

„Aber du nicht?“

„Sagte ich schon.“

"Das erklärt so einiges. Natürlich. Deshalb habe ich sie nur so selten und nur des Nachts zu sehen bekommen. Wow, welch ein Treffen, welch eine Story!“

„Du musst das für dich behalten, Lingas!“

„Ich weiß.“

„Du darfst das Keinem verraten!“

„Hast du mich schon mal dummschwätzen hören?“

Lingas legte den Kopf mit den schönen Ohren ein wenig auf die Seite und betrachtete seinen Freund.

„Snowbird?“

„Ja?“

„Du bist so wortkarg. So kenne ich dich gar nicht.“

„Mhm, vielleicht.“

„Bist du schockiert?“

„Nein.“

„Erlebst du das zum ersten Mal?“

„Jepp.“

„Kann es sein, dass dich das hier Geschehene gerade überhaupt nicht beunruhigt oder gar abstößt? Gefällt es dir eventuell sogar?“

Die Frage löste für zwei Sekunden die scheinbare Starre, in die der Husky verfallen war.

Er wandte sich seinem Freund zu.

„Darüber denke ich schon die ganze Zeit nach.“

„Bist du schon zu einem Ergebnis gekommen?“

„Nein."

Damit richtete Snowbird seine Aufmerksamkeit wieder auf die kleine, seine kleine Chefin.

„Was für ein Abenteuer, mein Freund. Ich glaube , ich sollte es für die Nachwelt bewahren und Schriftsteller werden."

„Was für ein Schiffsteller, Lingas. Wir brauchen hier und jetzt keine Teller."

„Oh, nein, Kasper. Schriftsteller, kommt von schreiben. Das sind Typen, die alles aufschreiben, was sie hören oder sehen, teils erfunden oder selber erlebt. Und das von heute Nacht gibt eine prima Geschichte."

„Ach so.Für ein Buch meinst du. Aber das ist doch nichts Besonderes."

„Nichts Besonderes? In euren Augen vielleicht."

Kasper und die anderen saßen oder lagen zufrieden und satt nebeneinander und genossen die schöne, tiefdunkle und jetzt wieder sehr ruhige Sommernacht.

Snowbird löste sich aus seiner nachdenklich beobachtenden Starre und trabte langsam zu Lady.

„Hey, kleine Russeline."

„Hey, großer Husky. Wie geht es dir?"

„Körperlich gut. Über den Rest denke ich noch nach. Wie geht es dir?"

„Noch ein wenig müde vom Kampf. Aber das Trankopfer lässt neue Energie entstehen. Ich kann es schon spüren. So gut habe ich mich lange nicht gefühlt."

„Was heißt lange?"

„Nun, die anderen vier habe ich ja nur auf meine dunkle Seite geholt. Das war nur ein Ritus. Das letzte Opfer, oh je, das hatte ich wirklich in London. Ist also eine Ewigkeit her."

„Willst du die Pausen verkürzen?"

„Darüber meditiere ich mal. Ich bin nicht abhängig von diesem

Rausch, wenn du das meinst."

Snowbird schwieg.

„Huskyman?"

„Ja."

„Du willst mir noch eine Frage stellen, oder?"

„Woher weiß du das?"

„Ich sehe das an deinen Ohren. Ihr Spiel ist nervös."

„Mhm."

„Dann frag."

„Ähm..."

„Es ist keine Zeit für ähms. Es wird bald hell, mein Weißer."

„Also gut."

Snowbird gab sich sichtlich einen Ruck.

„Darf ich dir die Schnauze ablecken?"

Lady war weder überrascht, noch peinlich berührt.

„Darfst du."

Snowbird machte sich vorsichtig ans Werk. Seine große Zunge fuhr zart über Lady`s Schnauze. Er schmeckte das Blut der Widersacherin. Es war nicht unlecker. Doch viel mehr erregte ihn die Berührung der kleinen Hündin. Er spürte einen Stich im Herzen, ein helles Licht explodierte in seinem Kopf. Er riss sich zusammen und beendete seine Arbeit.

„Danke dir."

Lady sprang auf die Pfoten und gemeinsam kehrten sie zur Gruppe zurück.

Die vier anderen Naschhunde hatten begonnen, herum zu tollen. Energie geladen und munter war ihnen nun wieder nach Spaß und Bewegung.

Einzig Lingas hatte das Intermezzo zwischen Snowbird und Lady beobachtet.

„Sieh an, sieh an, mein Freund. Ich hatte Recht. Wenn ich deine kleine Freundin so ansehe, erkenne ich ähnliche Gefühle bei ihr. Sie kann das nur besser verbergen."

„Hallo, Lingas."

„Chefin."

„Die fünf Kadaver müssen weg. Hast du vielleicht eine Idee, wo sie unbemerkt verschwinden können?"

Lingas legte kurz seine Stirn in Falten.

„Ich wüsste da schon ein nettes Plätzchen."

„Wo meinst du?"

„Am alten Stadion, zwischen der Stadtmauer und der Vironos. Da, wo gegenüber Dienstags und Donnerstags immer Markt ist. Da wachsen nur Brennesseln. Da kommt auch kein Vierbeiner auf die Idee zu graben."

„Gut, dann bringen wir sie dahin."

Gesagt, getan. Den Körper von Schiefzahn mussten die beiden Freunde gemeinsam nehmen. Auch die anderen bildeten Schlepperpaare.

Kasper zerrte seine kleine Beute hinter sich her.

„Ich helfe dir, Kleiner!"

„Das schaffe ich allein, Lingas."

„Glaube ich dir. Deine Chefin hat es jetzt eilig."

„Okay, aber nur deswegen."

„Aber sicher, du Held."

Lingas verabschiedete sich von der Gruppe.

„Ich bringe den hier noch weg und beseitige alle Spuren."

Ein sechsfaches gegenseitiges „Danke" und „Gute Nacht" erscholl aus den sechs Kehlen der Freunde. Für die Rächer der Nacht ging es unter fortlaufenden Erzählungen der nächtlichen Taten zurück zu ihrer nun wieder sicheren Heimat, der „Atlantic".

Lingas tat, was er versprochen hatte, immer noch mit dem erhebenden Gefühl, einem absolut super aufregendem Abenteuer beigewohnt zu haben.

Auf dem Schiff angekommen, wünschten sich die Sechs ebenfalls alle gute Träume. Jeder verschwand in seiner Kabine, nun rechtschaffen müde von den Erlebnissen der Nacht.

Lady rollte sich auf ihrer Koje zusammen. Im Gegensatz zu den anderen konnte sie noch nicht einschlafen. Es war nicht die Tat oder das Blut und auch nicht der Kampf, der sie noch beschäftigte.

Ihre Gedanken kreisten um den Husky, seinen Wunsch und die Gefühle, die er beim Säubern ihrer Schnauze in ihr geweckt hatte. Mit der Erinnerung spürte sie wieder die Hitze aufsteigen, das leise Ziehen im Herzen und sie ertappte sich dabei, dass es ihr gefallen hatte, von ihm liebkost zu werden. Denn das war es, was er getan hatte. Die Säuberungsaktion war nur ein Vorwand gewesen. Sie fühlte seine Zunge auf ihrem Gesicht und ja, dass sollte er bald wiederholen. Mit diesem Entschluss im Herzen und den Gefühlen in ihrer Brust schlief sie endlich ein.

Der Husky war zwar eingeschlafen. Er schlief aber unruhig und schreckte immer wieder hoch. Das zwischenhundliche Geschehen der Nacht beschäftigte ihn weiterhin. Die Kämpfe der Hunde, besonders der zwischen Lady und Tiger, der gemeinsame Blutrausch – ja, das faszinierte ihn. Es zeigte ihm, wer und was sie waren. Nein. Sind. Wir gehören zu den Jägern in der Nahrungskette. Lingas hatte so so Recht. Das Vampirsein seiner Freunde machte diese Tatsache noch spannender. Und – sie vertiefte seine Gefühle für die Anführerin der Gang, seine Jack – Russell – Hündin.

Sie war eine geborene Leithündin mit Gespür, welche Gefährten zu ihr passten und dem untrüglichen Wissen, wie eine Truppe im Ernstfall zu führen war und wie man vor allem einen Krieg gewann. Sie war immer gerecht, kämpfte nur, wenn es notwendig war. Sie hatte ihm mehr als nur ein neues Zuhause gegeben. Alle Fünf behandelten ihn mit Achtung und Respekt und das machte ihre Freundschaft so wertvoll.

Für die kleine Chefin allerdings wäre er gern mehr als nur ein Freund und Kamerad. Na ja, das würde er erst mal besser für sich behalten.

Nicht auszudenken, wenn sie das völlig anders empfände. Er würde dieses Neue und Liebgewonnene wieder verlieren. Das durfte er auf gar keinen Fall riskieren.

Snowbird erhob sich von seinem unruhigen Lager. Er genehmigte sich ein rundum-sorglos Frühstück aus der bis unter die Planken gefüllte Speisekammer. Er naschte von seiner mit Marzipan gefüllten Lieblingsschokolade. Tanita hatte ihn dabei erwischt und er hatte ihr diese Vorliebe gestanden. Seither fand er hier immer ein Stück davon.

Der Morgen war warm und sonnig wie es alle Morgen hier waren auf der Sonneninsel des Gottes Helios zwischen März und September.

Ihm war jetzt nach Laufen und so legte er als sein Ziel die Bucht von Kalithea fest und lief los. Er lief gleichmäßig und ausdauernd und der Genuss der Bewegung ließ ihn leicht schwindelig werden vor Glück. Es war ein erkleckliches Stück Weg.   Angekommen legte er sich oberhalb der Bucht in die Felsen. Er bewunderte das klare Wasser, das sanfte Grün der Bäume, den wolkenlosen Himmel. Er sah die Tauchboote kommen, die jeden Morgen im Mandraki – Hafen mit den Touristen los fuhren. Ein, zwei Segelboote gesellten sich dazu. Die Stimmen der Menschen drangen zu ihm herauf. Die Sonne wärmte sein Fell. Er legte den Kopf auf die Vorderpfoten und döste ein.

Im Traum sah er Lady und sich und die anderen auf der „Atlantic". Sie hatten das Schiff zu Wasser gelassen und schipperten von Insel zu Insel.

Das Schiffshorn ertönte.

Snowbird schreckte hoch. Die Schiffe machten sich bereit zur Rückfahrt. Die Menschen packten die Ausrüstungen zusammen.

Da kam Snowbird eine Idee. Warum sollte er den ganzen langen Weg zurücklaufen, wenn er es bequemer haben konnte!

Er spurtete die Felsen hinunter, lief an der Therme vorbei zur rechten Seite der Bucht. Da lagen die Tauchboote nebeneinander vertäut. Der Husky entschied sich für die Watersprings, die fuhren etwas eher ab als das Boot vom Tauchclub. Die Gangway war schon eingeholt. Eine Kleinigkeit für ihn, hatte er doch Übung im Sprung. Er hatte Glück, nur ein Touristenpärchen bemerkte ihn. Die Crew war mit Aufräumarbeiten beschäftigt und verplante dabei schon den nahe kommenden späteren freien Abend.

Snowbird kroch unter eine der Bänke im Bug. Er war weiß, der Schiffsrumpf war weiß, die Bank war weiß. Er war bestens getarnt.

Das Schiff rollte gleichmäßig in der ruhigen See. Im Mandraki angekommen, wartete er, bis alle das Schiff verlassen hatten, die Tauchtouris, die Crew, der Kapitän. Die beiden Putz- und Räumverantwortlichen waren im Schiffsbauch zu hören. Snowbird gelangte ungesehen über die Gangway auf die Mole.

Jedenfalls glaubte er das.

Gegenüber der Schiffsanleger erstreckte sich das Geviert des Nea Agora. Unter den Balustraden lagen die Cafés. Sie reihten sich nahtlos aneinander, manchmal nur durch die Farbe der Kissen zu unterscheiden. Im ersten an der linken Seite des Gebäudekomplexes, den Watersprings genau gegenüber, saß ein Mann. Er beobachtete die ankommenden Schiffe, während er seinen Kaffee trank. Seinem aufmerksamen Blick entging auch der weiße Husky nicht, der soeben die Gangway der Hoppers herunter spazierte.

„Sieh an, der lebt noch. Ich versprech dir aber, nicht mehr lange. Ich werde es ordentlicher machen als beim ersten Mal. Duuuu wirst mir nicht gefährlich."

Schnell riss er einen Geldschein aus der Hosentasche und warf ihn auf den Tisch neben die noch halbvolle Tasse. Dann folgte er dem

Hund auf seiner Seite der Straße. Er nutzte jeden Baum und jede Person als Deckung, um nicht selbst gesehen zu werden.

Snowbird trabte in die Altstadt. Er lief die Ipoton hoch, querte die Panetiou bis zur türkischen Bibliothek und folgte dann der Sokratous. Hier auf der Hauptgeschäftsstraße der Altstadt herrschte immer Trubel. Die vielen Geschäfte, oft nur winzig klein, die unzähligen Cafés und Restaurants. Die Luft war erfüllt von Küchengerüchen und Weihrauch. Ab und an konnte man hier ein Stück Baklawa stibitzen oder einen Souvlakispieß.

Er kam an einem der so zahlreich vorhandenen Pelzgeschäfte vorbei. Das lag mit Blick auf das Ekaterinentor, wo man auf das Meer und den Fährhafen schauen konnte. Die Leute im Laden waren nett. Er hatte da mal versucht, etwas Schokolade vom Teller in der offenen Nähstube zu schnappen. Sie hatten ihn erwischt, aber sich nur über ihn amüsiert und ihm die Schokolade überlassen. Die Enkelin der Besitzer hatte ihn sogar gestreichelt. Wie war doch gleich der Name? Seren, nein, Selena, so hieß sie.

Snowbird lief weiter in Richtung der Schule bis zum Akantiastor. Er verließ die Altstadt und wandte sich nach rechts, Richtung Stadion. Hier kam er auch an der letzten Ruhestätte der Tigergang vorüber. Weiter lief er bis zum Athanasioustor und wieder in die Altstadt hinein. Er wollte sich mit Lingas treffen. Ihm war eingefallen, dass heute Donnerstag war - Herrentag mit Frischfleischparty.

Snowbird freute sich auf das lecker Fresschen und die Unterhaltung mit Lingas. Er hatte noch einige Fragen an ihn zu den Ereignissen der letzten Nacht und seinen damit verbundenen Befindlichkeiten.

Auf die Antworten darauf sollte er dann jedoch länger warten müssen.

Die Schläfer auf der „Atlantic" wurden durch laute Bellrufe unsanft geweckt. Ein Fremder war auf dem Deck.

„Hey, ist jemand zu Hause? Chefin? Schlaft ihr noch? Aufwachen!"

Kasper steckte vorsichtig die Schnauze aus dem Aufgang. Als er den Eindringling erkannte, sprang er erfreut hinauf auf`s Deck.

„Lingas! Warum machst du so einen Lärm?

Hey, Leute, es ist Lingas!"

„Hallo, Lingas, was gibt`s?"

Lady erschien im Niedergang.

„Entschuldigt, dass ich hier einfach so rein platze. Aber am Donnerstag treffe ich mich immer mit Snowbird am Nachmittag bei mir zu Hause im Garten. Ich wohne bei einem Menschen, der mich mehr als reichlich verpflegt. Heute habe ich mich verspätet. Ich kam meine Straße hoch und sah Snowbird schon an der Hausecke liegen und warten. Gerade wollte ich mich bemerkbar machen, als sich ein Mann von hinten an unseren Freund heranschlich und ihm eine Schlinge um den Hals warf. Snowbird hat sich gewehrt, aber er konnte nichts ausrichten."

Auf einmal redeten alle durcheinander.

„Wo hat er ihn hingebracht?"

„Wer war der Mann?"

„Bist du ihnen gefolgt?"

„Konntest du ihm nicht helfen?"

„Jetzt seid doch mal ruhig und lasst Lingas weiter erzählen!"

Die aufgeregte Meute verstummte.

„Danke, Lady. Ja, ich habe nichts unternommen. Ich wusste ja nicht, ob er alleine war. Ich habe aber mitbekommen, dass er mit Snowbird gesprochen hat, so, als würde er ihn kennen. Und natürlich bin ich ihnen gefolgt. Er ist bis zur Omirou gelaufen und dann in einem der Häuser verschwunden. Ich wollte euch Bescheid sagen, was passiert ist. Ich muss zurück. Der Typ bringt unseren Freund bestimmt woanders hin."

„Danke dir, Lingas! Du bist auch in Zukunft jeder Zeit auf unserem Schiff willkommen."

Kasper sprang aufgeregt dazwischen.

„Wir müssen Snowbird helfen!"

„Tun wir Kasper."

„Aber jetzt sofort!"

„Auch das. Tanita, du holst bitte schnell für jeden ein ordentliches Stück Fleisch auf die Pfote! Flower, du bringst bitte etwas Wasser für Lingas dazu! Tricki, Kasper, ihr macht hier die Schotten dicht! Los! Los!"

Flower brachte das Wasser für den Toy Terrier. Obwohl so viel Aufregung herrschte, fiel ihm die Pudeldame ins Auge.

„Vielen Dank, reizende Lady, für die Erfrischung!"

Er nahm ein paar Schlucke.

„Reizend, wirklich reizend. Und welch Lockenpracht."

Flower wusste vor Verlegenheit nicht, wo sie hin sehen sollte. Gut, dass sie ein schwarzer Pudel war, sonst hätte jeder hier gesehen, wie tief sie errötete.

Schnell waren die Aufgaben erfüllt und mit dem Fleisch to go zwischen den Zähnen sprangen alle vom Deck auf den sandigen Boden des Trockendocks. Das Einzige, was man dann noch sah, waren Staubschwaden in der nächtlichen Dämmerung.

Die Sechs liefen schweigend, kauten ihre Wegzehrung und vertrauten ansonsten Lingas als Truppführer.

Der stoppte plötzlich unvorhergesehen im Lauf. Kasper, direkt hinter seinem Idol, lief voll gegen seine Rückfront.

„Tschuldige, Lingas!"

„Keine Ursache, konntest du ja nicht ahnen."

„Was gibt`s?"

„Da drüben am Kiosk, das ist der Typ! Es ist auch nicht mehr weit bis zu seinem Haus."

„Gut. Wir folgen ihm, aber seid vorsichtig. Alle! Du auch, Kasper!"

„Als wenn ich je unvorsichtig wäre, Chefin!"

„Natürlich nicht, Kasper. Ist eine reine Vorsichtsmaßnahme."

„Weiter in Richtung Haus! Wir bleiben vorerst zusammen."

Der Mann lief tatsächlich zu seinem Haus zurück. Er achtete nicht auf seine Umgebung.

„Er fühlt sich sicher. Verdammt, das gefällt mir nicht!"

Die Hunde stoppten ein Haus weiter vorn. Da standen ein paar große Zitronenbäume. Unter ihnen war die hereingebrochene Nacht noch schwärzer und schützend.

„Was machen wir jetzt?"

„Wir müssen rauskriegen, ob Snowbird noch da drin ist."

„Chefin, hast du eine brauchbare Idee?"

„Das beste ist, einer von uns geht näher ran und kundschaftet das Haus aus."

Natürlich wollte jeder der Späher sein.

„Das ist wirklich toll von euch! Ich denke, Tricki kann das am Besten. Sie heißt ja nicht umsonst so. Ihr wisst, sie ist unsere Spezialistin im Anschleichen. Einverstanden, Tricki?"

„Sicher!"

„Ihr anderen?"

„Ja auch."

„Gut, wir warten hier. Sobald es gefährlich wird, verschwindest du. Versprochen?"

Schon war die listige Hündin unterwegs.

Für die anderen unter den Zitronenbäumen dauerte das untätige Warten eine Ewigkeit.

Endlich tauchte Tricki wieder auf. Sie hatte keine guten Nachrichten im Gepäck.

„Er hat Snowbird schon weg gebracht!"

„Weißt du, wohin?"

„Glücklicher Weise hat er telefoniert. Er hat sich gemeldet, erzählt, wo er Snowbird gesehen hat, wie er ihm gefolgt ist. Hat geprahlt, wie er ihn eingefangen hat -"

„Tricki, wo hat er Snowbird hin gebracht?"

„Ähm, also, er hat was von Höhlen erzählt, zwischen Kalithea und Faliraki. Die würden bei Flut voll laufen."

Der Armen versagte fast die Stimme.

„In eine dieser Höhlen hat er ihn gebracht. Er hat ihn angebunden."

Nun schluchzte Tricki.

„Er wird ertrinken, der Arme!"

„Nichts von dem wird passieren!"

Lingas richtete sich zu seiner vollen Größe auf.

„Bis die Flut kommt, bleibt uns noch ein wenig Zeit. Es ist allerdings relativ weit bis dahin."

„Kennst du denn die Höhlen?"

„Ich war mit meinem Menschen mal da. Es gibt, glaube ich, nur drei Höhlen, die von der Meeresseite her zu betreten sind. Die anderen haben nur Deckenlöcher. Und er sprach ja nicht von Hineinwerfen, nicht wahr, Tricki?"

„Um Knochenswillen, nein!"

„Dann machen wir uns auf den Weg. Los!"

„Los? Wieso? Ich ziehe kein Los! Ich komme auf alle Fälle mit!"

Die Spannung der Situation löste sich in einem leichten Lächelbellen aller Anwesenden.

„Ach, Kasper, was würden wir nur ohne dich machen!"

„Da wärt ihr ganz schön aufgeschmissen."

„Richtig! Aber nun müssen wir die Pfoten in die Hand nehmen. Denkt nach, wir müssen sehr schnell dahin!"

Lingas und Lady übernahmen die Führung. Sie nahmen Quer- und Seitenstraßen und waren so schon mal relativ schnell auf der Hauptstraße nach Kalithea.

Nach wenigen Minuten hörten sie Motorenlärm.

„Lingas!"

„Ich höre es auch, Lady. Das ist die Lösung! Vielleicht haben wir Glück!"

Und das hatten sie.

Der Wagen , der angerattert kam, war ein offener uralter klappriger Lastwagen. Die zwei Alten, bestimmt so alt wie ihr Auto, waren in ihre Unterhaltung vertieft. Der Wagen war auf Grund seines Alters sehr laut und vor allem nicht zu schnell unterwegs. So konnten unsere Sechs leicht und unbemerkt einer nach dem anderen aufspringen. Nur für Kasper gestaltete sich das nicht so einfach. Ihm fehlte die nötige Absprungkraft wegen des nicht vorhandenen vierten Beines. Lingas sprang noch mal ab.

„Kleiner, ich nehme dich zwischen meine Zähne und springe mit dir auf. Vor mir musst du ja keine Angst haben. Das was du kannst, bleibt mir verborgen und außerdem gehörst du schon zur dunklen Seite der Macht."

Die Vier auf dem Wagen hatten wieder einen kurzen Moment für ein Lächeln.

„Tu mir bloß nicht weh!"

Lingas nahm den Dreibeiner vorsichtig zwischen die Zähne. Er packte ihn im Nacken wie ein Baby.

Dann nahm er Anlauf und sprang. Auf dem Wagen setzte er ihn genauso vorsichtig wieder ab.

Kasper schüttelte sich.

„Danke, Lingas. Gibt es, außer der Tatsache, dass du kein Vampir bist , sonst noch etwas , was du nicht kannst?"

„Ich glaube nicht, mein Freund. Mein Motto heißt: Alles ist möglich, wenn du nur willst!"

Im weiteren Verlauf der rumpelnden Fahrt schwiegen die schwarzen Passagiere. Alle verbargen ihre Unruhe, so gut es ging.

Nur mit Flower ging es dann durch.

„Sind wir bald da? Ich halte das nicht mehr aus!

Was, wenn wir es nicht schaffen?"

Lady stupste sie freundlich in die Seite.

„Wir schaffen das, weißt du!"

„Wir sind auch schon da. Runter mit euch!"

Das ließ sich keiner zweimal sagen. Von allen drei Seiten der Ladefläche regnete es praktisch Hunde. Sie liefen durch das dichte Gebüsch zum Stand.

„Hier beginnen die Höhlen. Dahinter, die Felsen, das ist Kalithea."

„Am besten, wir teilen uns auf. Flower geht mit Tanita. Tricki, du nimmst Kasper mit. Ich gehe mit Lingas"

Es war alles gesagt. Die drei Gruppen stoben auseinander.

Lady und Lingas wandten sich der linken Höhle zu.

„Die liegt am tiefsten, Lady, und die Flut setzt ein. Wir müssen uns beeilen!"

Sie spurteten den Hang hinunter. Was sie dann sahen, machte sie doch für einen Moment sprachlos.

„Wir sind zu spät, Lingas! Das Wasser ist schon da!"

„Nein! Noch ist ein Stück Höhleneingang zu sehen. Ich versuch rein zu kommen. Du läufst hier parallel hoch. Wenn ich mich gut genug erinnere, hat diese da oben ihre Deckenöffnung."

Lady fragte nicht lange und befolgte, was Lingas gesagt hatte. Der Terrier lief zum Höhleneingang.

Das Wasser ging ihm bereits bis zum Bauch. Er watete weiter in die Höhle hinein und heulbellte nach seinem Freund.

Lady lief indessen suchend und schnüffelnd den Berg an der Wasserseite hinauf. Wie sollte sie in dem wuchernden Gestrüpp ein Felsloch finden? Sicher nur, wenn sie selbst hinein fiel.

Plötzlich stutze sie, blieb stehen, lauschte. Ihr kleines Herz schlug schneller. Sie hörte es wieder. Da war es. Ein Jaulen! Sie riefbellte nach Snowbird. Das Jaulen setzte aus.

„Snowbird! Ich bin es! Lady! Gib Laut! Wo steckst du?"

Sie hörte das Jaulen wieder, dann noch mal. Sie war schon ganz dicht dran. Dem nächsten Jaulen folgte ein starkes Husten.

Sie hatte das Loch im Felsen gefunden!

„Snowbird?"

„Bist du es wirklich, kleine Chefin?"

Ein erneutes Husten.

„Huskyman! Wie hoch steht das Wasser?"

„Noch nicht so hoch. Aber der Dreckskerl hat mich liegend angebunden, an einem extrem kurzen Seil. Ich fange deshalb schon an, Wasser zu schlucken."

„Kannst du noch Heulen? Lingas versucht, dich vom Höhleneingang her zu erreichen."

„So ein Verrückter!"

Im selben Moment hörte Lady auch Lingas.

„Wieso denn Verrückter, mein Freund. Abenteurer klingt da viel besser!"

„Willst du Abenteurer hier mit mir absaufen?"

„So weit sind wir noch lange nicht. Lass mich nach dem Seil schauen."

Stille.

„Lingas? Was ist?"

„Das Seil ist an Eisenhaken befestigt. Es ist schon nass und der Knoten total zusammengezogen. Den krieg ich nicht mehr auf. Ich muss das Seil durchbeißen."

Wieder folgte Stille. Nur das Meer war zu hören.

„Lingas? Snowbird?"

„Ich arbeite, Lady. Und du, Snowi, halt die Schnauze hoch!"

Endlose Minuten verstrichen.

Plötzlich erklang ein frenetisches Triumphgeheul.

„Ich hab`s, Snowi! Auf die Pfoten!"

„Klasse! Was machen wir jetzt?"

„Wir haben zwei Möglichkeiten. Entweder gegen die Strömung zu versuchen, durch den Eingang zu schwimmen, oder -"

„Genau, oder mit der Kraft des Wassers nach oben."

„Da müsst ihr aber genau aufpassen. Ihr dürft die Deckenöffnung nicht verfehlen."

„Kleinigkeit, Lady!"

Mittlerweile hatten sich auch die anderen vier an der Felsöffnung eingefunden. Die Höhle unter ihnen war nicht so groß. Bald konnten sie das Wasser unter sich nicht nur hören, sondern auch sehen.

„Da! Da ist Snowbird. Passt der denn überhaupt hier durch? Er darf nicht stecken bleiben."

„Das habe ich gehört, Kasper. Aber ich habe ewig nichts gegessen, das klappt schon."

Die Schnauze erschien im Felsloch. Snowbird suchte paddelnd nach einer passenden Stelle zum festhalten. So dann hob er sich aus dem Wasser, warf die Pfoten nach außen und verkrallte sich im Fels. Lustig anzusehen war es plötzlich für alle, wie sich scheinbar ungewollt von ihm, sein Hinterteil mehrmals hob und senkte. Lingas 's Stimme erklang.

„Wenn ich - jetzt – sage, dann nutze den Schwung den ich dir von unten gebe."

„Ok."

„Eins, zwei, jetzt!"

Snowbird stützte sich mit aller noch vorhandenen Kraft auf den Vorderpfoten ab, nutzte den Schwung von unten. Er bekam die Hinterpfoten aus dem Loch , spreizte sie und setzte auf. Mit dem rechten hinteren Lauf rutschte er ab, fing sich aber wieder. Den festen Untergrund nutzte er sofort zum Sprung. In der selben Sekunde erschien Lingas im nun mit Wasser gefüllten Loch und tat es ihm gleich, nur ohne fremde Hilfe. Auch er sprang zur Seite und kam neben dem schwer atmenden Husky zu liegen.

„Danke, mein Freund! Schon wieder hast du mir geholfen."

„Das wird langsam zur Gewohnheit, was. Aber gern. Ich freue mich nur, dass ich gestern Nachmittag gebummelt habe und so zu spät zu unserer Verabredung kam."

„Der Grund war eine Dame, nehme ich an."

„Richtig kombiniert."

„Ihr zwei schwatzt hier, als wäre das der Fünf – Uhr – Tee. Dabei seid ihr gerade dem nassen Gevatter Tod von der Schippe gesprungen."

„Ach, Lady, der wollte uns nicht. Der steht auf Vampire, weil er die nicht haben kann!"

„Pass auf , du Terrier von einem Hund."

Spielerisch drohend wetzte die Hündin die Lefzen.

Kasper grätschte dazwischen.

„Ich weiß ja nicht, wie es euch geht. Aber ich habe Hunger!"

„Gar keine schlechte Idee. Aber woher nehmen?"

„Na aus der Quinnbucht – Taverne. So weit ist das nicht von hier."

„Super Idee! Dürfen wir, Chefin? Da ist jetzt keiner mehr."

Lady schaute auf Lingas und Snowbird. Der hatte bestimmt auch riesen Kohldampf. Sie selbst verspürte ebenfalls ein leichtes Ziehen in der Magengegend.

„Einverstanden. Ihr geht aber zu viert. Da könnt ihr genug tragen, damit auch diese zwei Halbtoten ihre Lebensgeister wieder finden."

„Wir sind so schnell wie Windhunde und dabei so grazil wie Gazellen und können dabei so viel tragen wie ein Bär."

„Kasper, wo nimmst du nur all die Bilder her?"

„Aus den Büchern auf unserem Schiff. Solltet ihr auch mal rein schauen."

„Ab jetzt, du Schlauhund oder besser gesagt, du Windhundgazellenbär! Wir sind sehr hungrig!"

Der Vierertrupp zog über die Felsen zur Futterbeschaffung. Die drei Zurückgebliebenen hatten einiges zu klären.

„Snowbird, geht`s wieder?"

„Ja, Ladoula."

„Kannst du uns einige Fragen beantworten?"

„Kann ich, Lingas. Wessen werde ich verdächtigt?"

„Falsch, du bist hier das Opfer. Aber da du schon wieder Witze reißen kannst, Kasper scheint ansteckend zu sein, dann fang` mal an zu erzählen."

„Als ihr mich damals im alten Hafen gefunden habt, kleine Chefin, da habe ich dir ja erzählt, dass mein Besitzer mich nicht gebrauchen konnte. Er wollte Huskies züchten, aber ich war dafür völlig ungeeignet. Er hatte Sorge, dass sich meine Blindheit vererbt Aber wie ich jetzt erfahren durfte, war das gar nicht der Hauptgrund. Auch hat nicht er mich im alten Hafen zurück gelassen, sondern dieser schlechte Mensch, der mich hier ersäufen wollte. Um diesmal sicher zu gehen, wie er sagte."

„So ein Unmensch. Und warum nun das ganze Theater?"

„Dem Typen gehört dieses hässliche himmelblaue Holzkastenboot, was er Fähre nennt. Es hat eine Weile gedauert, bis ich ihn einordnen konnte. Er fährt vom Mandraki ab und bringt die Touristen nach Faliraki.

„Das Boot kenne ich."

Lingas nickte Lady zu.

„Ich war mit meinem Menschen auf diesem Boot. Und ich lag wie ich es immer tue, unter der Bank. Das war im Heck, wo gleich sein komischer aufgesetzter Ruderstand aufgebaut war. Da habe ich was erschnüffelt."

„Was?"

„Wusste ich bis gestern Nacht auch nicht. Der Typ hatte nur

bemerkt, dass ich was gefunden hatte. Er hat meinen Menschen dann so lange belatschert, dass er einen Wachhund braucht, und er mich doch für die Züchtung sowieso nicht einsetzen kann, bis, ja bis mein Mensch zugestimmt hat. Dann haben sie mir Beruhigungsmittel in mein Wasser getan, damit ich nicht mitbekomme, dass er mich dabehält. Der Bastard brachte mich gleich ins Dock am alten Hafen, um mich los zu werden. Hätte ja auch fast geklappt.

„Ok, jetzt sag endlich, was du nicht bemerkt hast."

„Gut formuliert, Lingas. Das, was ich erschnüffelt habe und mir nicht bekannt ist, ist Stoff."

„Wie Stoff?"

„Lady, er meint Rauschgift."

„Das hat der Idiot auf dem Boot?"

„Sieht so aus. Von wo nach wo und für wen er das schmuggelt, da habe ich leider keine Ahnung. So gesprächig war er dann doch nicht."

„Das hat er dir alles in der Nacht erzählt?"

„Er brabbelte wohl eher vor sich hin und musste es loswerden. Es war ja sonst keiner zum Zuhören dabei. Und ob er es überhaupt jemandem erzählen kann, wer weiß."

„Tanita hat das mit dem Ort hier nur herausgefunden, weil er telefoniert hat. Also gibt es einen Mitwisser oder Mittäter."

„Aber warum hatte er so eine Angst vor dir?"

„Wenn ich das so richtig verstanden habe, ist er durch solch einen Zufall schon mal auf einer anderen Insel aufgeflogen. Da hatte der Vierbeiner angefangen, die Tüte aufzufetzen. Der kannte das Zeug wahrscheinlich, im Gegensatz zu mir. Da wir ab und zu mit diesem Boot nach Faliraki sind, hat er vermutet, ich würde das auch irgendwann tun."

Die entstandene Pause   füllten die vier Proviantjäger mit leckerem Inhalt.

„Wir haben ein halbes Schwein auf Toast!"

„Das du immer so übertreiben musst, Kasper."

„Mach ich gar nicht, Chefin. In der Taverne gab es heute wirklich Wildschwein am Spieß. Schau, hier."

Tatsächlich zogen Tanita und Tricki den Spieß mit den wildschweinischen Resten hinter sich her.

„Dazu empfehlen wir Tintenfisch und dicke Bohnen und Bifteki."

„Ein wahres Festmahl!"

„Aus gegebenem Anlass!"

Bevor sie begannen, wollte Snowbird sich nochmals bei allen bedanken. Er kam nur zum Luft holen.

„Spar dir den Atem für was Besseres auf, mein Weißer. So ist das Leben. Heute helfen wir dir, morgen du einem von uns!"

„Sie hat Recht, alter Freund. Merke, widersprich nie einer Frau, zumindest nicht offensichtlich. Und nun lasst uns rein hauen. Mein Hunger hat bereits meine doppelte Körpergröße!"

Jeder von ihnen suchte sich eine Stelle am Spieß. Trotz seines unbändigen Hungers achtete Lingas darauf, dass er der Pudeldame gegenüber seinen Platz einnahm. Nach wenigen, eher hastigen Happen, fing er an den Wildschweinbraten zu genießen. Mit der einkehrenden innerlichen Ruhe fand er auch die Muse, sein Gegenüber genau zu betrachten. Diese schwarzen wilden Locken waren sehr verführerisch für seine Fantasie, die lockige Purzelbäume schoss. Er wollte seine Schnauze in die so wunderprächtige Felllockenpracht stecken. Beinahe vergaß er das Kauen.

„Sag nicht, du bist schon satt."

„Nein, nein. Ich überlege nur, ob ich erst einen Hieb Bohnen nehme oder gleich ein Bifteki."

„Warte nicht so lange, sonst bestraft dich unser Kasper!"
Lady schmunzelte und alle sahen zu, wie der gerade mit seinen zwei Vorderpfoten voll in die Biftekis eintauchte.
„Was? Befreiungstaten machen hungrig und diese Bifteki sind außergewöhnlich lecker. Die sollten wir uns öfter genehmigen."
Damit schob er sich das nächste in sein fetttriefendes Mäulchen.
Die folgenden Minuten vertropften schweigend in der Zeit. Jeder hing seinen eigenen Gedanken nach. Kasper schwelgte in Biftekiträumen, Lingas verwickelte sich immer mehr in das schwarze Pudelfell seiner neuen Traumhündin. Was er nicht wusste, auch die Pudeldame beschäftigte sich in Gedanken mit ihm. Snowbird erlebte die Befreiungsaktion noch mal. Tanita überdachte die neue Futterbeschaffungsroute über die Taverne hier vor Ort und Tricki als letzte in der Runde träumte von einem großen Abenteuer mit ihr als der Hauptperson. Die kleine Foxterrierhündin wäre so gern einmal die Heldin in einem Vampirhundabenteuer.
Als alle Bifteki, Bohnen und Wildschweinreste in den Mägen der sieben Freunde verschwunden waren, kehrte die Redseligkeit zurück.
„Was machen wir jetzt?"
„Es wird bald hell."
„Bis zum Schiff ist es eh zu weit."
„Stimmt. Ich habe eine bessere Idee!"
„Lady?"
„Wir suchen uns hier einen Unterschlupf für den Tag. Wir sind bereits kurz vor Faliraki und die Touristenboote verkehren doch jeden Tag."
„Du meinst, dass das Kastenboot auch vorbeikommt?"
„Ist doch wahrscheinlich, oder?"
„Ja, da können Lingas und ich den Verbrecher beobachten. Vielleicht ergibt sich etwas oder er trifft jemanden."
„Aber Snowbird muss vorsichtig sein. Dich darf er auf gar keinen Fall

erkennen. Er denkt doch, dass du ertrunken bist. Das soll auch unbedingt so bleiben."

Lingas überlegte.

„Wir pirschen uns ran, beobachten ihn und wenn es notwendig ist, schleiche ich mich näher an ihn ran. Snowbird bleibt in Deckung.

Am Abend treffen wir uns an eurem gewählten Unterschlupf. Sollten wir ihn zum Mandraki verfolgen, sind wir zur Nacht nicht da. Dann kommt ihr nach Hause zum Schiff, einverstanden?"

Lady bestätigte die Idee.

„Einverstanden. Dann schwärmen wir jetzt aus und suchen eine Höhle. Bedingung ist, dass sie trocken ist und bleibt während des Tages."

Die Felsen waren hier von Höhlen gelöchert wie ein guter Schweizer Käse. Dazu kam, dass sie vom Wasser aus nur schwer zu erkennen waren.

Die Schnüffelnasen fanden schnell eine ausreichend große „Pension" für einen Tag. Lady, Kasper und die Damen begaben sich zur Ruhe. Die vierbeinigen Ritter der Landstraße begannen ihre Observierung.

Sie beschlossen, am Wasser entlang zu laufen. So würde ihnen kein Schiff entgehen. Der Spaziergang über die Felsen und Klippen in der Morgensonne war für Snowbird eine Freude. Sein Gefährte schien mit den Gedanken aber woanders zu sein.

„He, Lingas, in welcher Gehirnwindung bist du stecken geblieben?"

„Entschuldige, mein Freund. Aber die Damenwelt..."

„Du meinst damit nicht etwa eine kleine schwarze lockige Pudeldame mit Namen Flower?"

„Mhm. Ist das so auffällig?"

„Keine Sorge, nur wenn man wie ein guter Freund deine Vorlieben kennt."

„So, so. Sie ist aber auch wirklich sensationell!"

In schweigender Übereinstimmung kamen die zwei Freunde wenige Minuten später zu einem überhängenden Plateau. Von hier hatten sie eine hervorragende Sicht auf das Wasser.

„Der perfekte Ausguck! Hier warten wir auf unseren Freund des weißen Pulvers."

Snowbird und Lingas legten sich auf den schon erwärmten Felsvorsprung mit der Schnauze bequem auf den Vorderpfoten und warteten.

Nach kurzer Zeit kamen die ersten Ausflügler um den Felsen herum.

„Da haben wir noch ein paar Minuten. Die hier sind unterwegs nach Lindos. Die Badetouren nach Afandou oder für den Wassersport in Faliraki kommen später."

„Weißt du, wann die Fähre in Rhodos ablegt?""

„Er fährt ja mehrmals am Tag. Seine erste Tour startet er täglich neun Uhr."

„Na dann müsste er ja bald hier vorbei schippern mit seiner Holzkiste."

Es vergingen weitere zehn Minuten in stiller Meditation.

„Da, da kommt er, der Herr der Holzschüssel!"

Snowbird sprang auf die Pfoten. Lingas tat es ihm nach.

„Wir folgen ihm so lange es geht von dieser erhöhten Position zwischen den Felsen. Am Beginn des Strandes können wir dann genau sehen, wo er anlegt. Sei vorsichtig, mein weißer Bruder. Er darf dich auf keinen Fall entdecken. Wenn er was dabei hat, können wir es uns nicht leisten, dass das gute Zeug über Bord geht."

Die acht Pfoten legten ein ordentliches Sprintertempo vor. Das mussten sie auch. Ihr Weg war kurvig, an- und absteigend, den Felsformationen geschuldet. Das Boot hielt auf dem Wasser einen geraden Kurs.

Der Faliraki-Strand war leicht gebogen und dabei sehr lang gestreckt.

„Ich hoffe ja, dass er den Steg direkt am Anfang des Strandes bedient und nicht erst noch bis Faliraki direkt fährt."

Snowbird nickte.

„Jetzt müssen wir uns ran halten. Wir haben die gesamte Kurve noch vor uns.!"

Das nächtliche Festmahl wurde nun in gehörige Laufenergie umgewandelt. Die Hunde stürmten am Strand entlang. Rechtzeitig mit dem letzten die Fähre verlassenden Menschen kamen sie gegenüber des Landungssteges zum Stehen. Gut verborgen hinter zwei krummen, dicht zusammen stehenden Palmen mit knorrigen Stämmen, nahmen sie den Bootsbesitzer in ihr vieräugiges scharfes Hundevisier.

Was sie dann so beobachteten war sehr enttäuschend. Der Typ räumte das Boot auf, fegte sogar einmal durch. In der Zeit kam ein Getränkelieferant, aber auch da gab es nichts Auffälliges. Ehe sie sich versahen war die Pause vorbei. Er ließ die bereits am Steg wartenden Urlauber auf die Fähre für den Rückweg nach Rhodos Stadt.

Aber dann legte er nicht sofort ab. Er nahm sich noch eine Zigarette und lungerte am Steg rum. Die Urlauber sahen auf die Uhren.

„Vielleicht haben wir ja doch noch Glück, mein spitzohriger Freund."

„Hundelst du mich nach?"

„Heißt das nicht äffen, Lingas? Aber nein, ich wollte nur auch einmal einen poetischen Einwurf wagen. Recht hast du aber mit deiner Beobachtung. Schau, ich glaube, da kommt der Erwartete."

„Ich pirsche mich ein wenig näher an die beiden Gauner heran. Wir müssen hören, was sie besprechen!"

„Ok, ich bleib hier schön im dunklen Schatten der Palmblätter liegen."

Lingas war geübt im Anschleichen und obwohl er dunkles Fell hatte, was am weißen Sandstrand eher nicht unauffällig war, blieb er genau das. Keiner beachtete ihn, auch nicht die zwei sich am Steg unterhaltenden Männer.

Lingas schlich sich unter die Laufplanken und hörte aufmerksam zu mit seinen Superlauschern. Die Unterhaltung war nur kurz, dann trennten sich die beiden. Der Bootsführer sprang auf sein Boot und legte ab. Der Unbekannte verschwand in Richtung Stadt.. Lingas spazierte scheinbar völlig entspannt vom Wasser über den Strand zu den beiden verknorpelten Palmen, hinter denen er Snowbird wusste. Der Husky erwartete ihn und sah in den Augen seines Freundes die so gut verborgene Anspannung.

„Wir haben ihn. Morgen hat er das Zeug auf dem Boot. Auf der letzten Tour des Tages wird es übergeben."

„Sehr gute Nachrichten, Lingas. Bleibt nur eine Herausforderung."

„Ich weiß. Wie bekommt er seine Strafe?"

„Jepp, denn ihm nur das Pulver abnehmen bringt uns gar nichts und er macht fröhlich weiter."

„Gut. Ich denke, am Besten ist ein Kriegsrat mit den anderen. Oder was denkst du?"

„Da bin ich ganz deiner Meinung. Doch bevor wir zurücklaufen sollten wir uns stärken!"

„Einverstanden. Wir sind vorhin an einem kleinen Strandkiosk vorbei gekommen. Da roch es verlockend nach Souvlaki."

Lingas und Snowbird nickten sich zu und zogen los. Viel Zeit opferten sie nicht für die Nahrungsaufnahme. Sie wollten Lady und die anderen noch in der Felshöhle bei der Kalithea-Therme abpassen.

Hier wurden sie heiß erwartet. Kasper entdeckte sie zuerst und sprang ihnen entgegen.

„Wir haben ihn erwischt!"

„Wieso habt ihr gefischt? Ihr wolltet doch den Bösewicht verfolgen!"

„Kasper, Kasper."

„Das ist nicht mein Laster. Ihr habt damit angefangen!"

Snowbird versetzte ihm einen liebevollen Nasenstüber.

„Wir haben , was wir hören wollten und brauchen nun eine Idee, wie wir den Schurken aus dem Verkehr ziehen können."

„Dann rein mit euch in die gute Stube!“

Die Höhle war wirklich geräumig. Sie lagerten alle um den schon aufgeschichteten Holzstoß, den Tricki und Tanita bereits anzündeten. Lingas hatte sich, natürlich rein zufällig, neben Flower nieder gelassen. Tief sog er den Duft der Pudeldame ein.

„Verführerisch, äußerst verführerisch.“

Leise hatte der Toy Terrier diese Worte seiner schwarzlockigen linksseitigen Partnerin ins Ohr geflüstert. Die blinkerte aufgeregt mit ihren ebenso schwarzen Knopfaugen und wusste nicht so richtig, wohin sie blicken sollte. Lingas streckte sich ein wenig und wie absichtslos landete seine linke Vorderpfote auf der rechten seiner Auserwählten. Flower sah ihn von der Seite an. Zu hören war nur ein leiser Kapitulation anzeigender Seufzer von ihr. Lingas schob seine Flanke etwas näher und spürte dann, wie Flower sich an ihn anlehnte. Zufrieden konzentrierte sich Lingas wieder auf die Runde. Snowbird war mitten in der Berichterstattung und der verliebte Engländer konnte rechtzeitig seinen Teil übernehmen.

„Wir wissen also wie und wo. Jetzt fehlt nur noch die Idee.“

Lady ergriff den Laut.

„Ich nehme an, wir stimmen darin überein, dass er weggesperrt gehört. Wir benötigen demnach menschliche Hilfe. Wir bereiten den Weg und die Polizei sieht und hört alles und bekommt ihn samt der Beweise serviert.“

„Sie müssen es nur richtig deuten und verstehen.“

„Dafür haben wir zu sorgen!“

Die Chefin sah sich um.

„Kasper, du bist schon wieder so unruhig. Ich schlage vor, du machst wie gestern den Quartiermeister und besorgst uns mit Tanita und Tricki das Abendessen. Ihr kennt ja den Weg.“

„Mach ich, eh wir, Chefin! Ich dachte schon, du fragst nie!“

Aufgeräumt und leise schwatzbellend zogen die drei Freunde los. Die verbleibenden Vierbeiner machten sich an die Aufgabe, den

Schlachtplan aufzustellen.

Nach dem Abendbrot marschierten die Hundlinge ab. Das Feuer war gelöscht, die Spuren vor der Höhle verwischt. Es ging jedoch nicht nach Rhodos zum Hafen oder nach Hause zum Schiff im Trockendock. Die Gruppe war überein gekommen, dass es am günstigsten war, wenn die Polizei in Faliraki den Missetäter fassen würde.

Sie zogen leise über den Strand. So kurz vor Mitternacht waren nicht mehr viele Menschen zu sehen. Hauptsächlich verliebte Pärchen oder solche die dachten, sie wären es, lagerten im noch warmen Sand. Die hatten aber nur Augen für ihr Gegenüber, so dass die Meute unbeobachtet ihren Weg verfolgen konnte.

Plötzlich stutzte Lingas und blieb stehen.

„Was ist los?"

„Den da drüben kenne ich. Der wohnt neben meinem Menschen in der Altstadt.. Ab und zu kommt er bei uns vorbei. Dann hat er immer ein neues technisches Spielzeug dabei. Er baut Roboter, ist aber ein Eitieler, sagt mein Mensch."

„Du meinst, eitel, ein Eitler."

„Nein, ein Eitieler. Das ist einer, der sich mit Computern auskennt und Programme schreibt."

„Woher weist du das denn, du Naseweis?"

„Aus meinen Büchern."

Kasper sog gewichtig die warme Nachtluft ein. Er war stolz auf sein Wissen.

„Ich unterbreche ja nur sehr ungern, aber da stimmt was nicht. Dein Bekannter bewegt sich nicht, Lingas."

„Stimmt, Snowbird. Das was da Bewegung macht, ist wieder eines seiner Spielzeuge."

Lady hatte aufmerksam zugehört.

„Nun schaut schon nach. Vielleicht ist was passiert! Wenn ja, müssen wir helfen!"

Lingas lief die wenigen Meter bis zu dem jungen Mann, der merkwürdig verkrümmt auf dem Sand lag. Er umrundete den Liegenden und gab dann Laut. Die anderen stürmten heran.

„Er ist bewusstlos und da ist auch Blut. Und da liegt eine Spritze."

„Das ist wahrlich die Spitze!"

„Kasper. Hör zu, Spritze hat Lingas gesagt."

„Meint ihr das Ding hier?"

Kasper schubste die Spritze an.

„Nimm die Pfoten da weg! Das Zeug ist gefährlich, auch für Vierbeiner!"

Kasper setzte mit einem Sprung zurück, als hätte er eine Klapperschlange gesehen.

Während die Gruppe sich mit Kasper beschäftigte, war der Toy Terrier schon los gerannt. Laut bellend zog er Kreise um seinen menschlichen Nachbarn.

Endlich wurden ein paar Leute aufmerksam und näherten sich.

„Was hat der Hund nur?"

„Seht nur, da liegt einer!"

„Der ist bestimmt besoffen, lasst ihn liegen."

„Nein, guck mal, der blutet."

„Und die Spritze da? Ist bestimmt ein Junkie."

Ein Mädchen aus der Gruppe zückte dann endlich das Telefon und wählte den Notruf.

„Egal. Wir sagen Bescheid. Dann haben wir uns später nichts vorzuwerfen."

Als Lingas bemerkte, dass die Menschen seinem Bekannten halfen, lief er nochmals zu ihm.

Er schnappte sich das surrende Teil und verschwand mit ihm zwischen den Felsen.

„Warum hast du das gemacht?"

„Weiß ich nicht. Ist nur so eine Ahnung, dass das eventuell noch wichtig sein könnte. Für ihn ist es das auf jeden Fall."

„Alles geklärt, Männer?"

„Jawoll, Chefin!"

„Dann machen wir jetzt mir unserem Auftrag weiter."

Nachdem die glorreichen Sieben alles begutachtet hatten und die Dinge bereit lagen, die sie brauchen würden, zogen sie zu einem leer stehenden Gemäuer zwischen Strand und Hauptstraße. Das kannte Lingas von seinen Streifzügen. Hier konnten sie den Abend abwarten.

Die achzehn-Uhr-Glocke der kleinen Kirche weckte die Truppe.

Lingas und Snowbird hatten noch für Verpflegung gesorgt, bevor auch sie sich ein wenig Schlaf gönnten. Das Essen verlief schweigsam. Schnell waren sie fertig. Die Aufregung und Spannung war fellbüschelmäßig spürbar.

„Jeder kennt seinen Auftrag?"

Alle nickten.

„Dann los!"

„Auf ihn mit Gebrüll!"

Kasper schaute in die verwirrten Gesichter seiner Gefährten.

„Ist schon gut. Ich belle nicht. Ich wollte das nur schon immer mal sagen!"

„Hast du somit getan und jetzt ab!"

Lady zog direkt vor das Polizeirevier.

Flower trug einen merkwürdigen Rucksack auf dem Rücken. Tanita blieb neben ihr.

Kasper und Lingas bezogen unter dem Steg ihren Beobachtungsposten.

Snowbird versteckte sich hinter den Palmen. Er sollte nur im Notfall eingreifen.

Sie warteten.

„Ich sehe ihn. Da kommt er."

Kasper wisperte die Worte in Lingas` Ohr.

Der flüsterte zurück.

„Sag den anderen Bescheid, dass es los geht."

Wie der Schatten einer dunklen Wolke schwebte Kasper zwischen den Parteien umher und gab seine Bobachtung weiter. Und das mit einem Ernst, den man ihm niemals zugetraut hätte.

Lady begann Krach zu machen. Sie bellte, was ihre Lungen her gaben. Die menschliche Wachmannschaft stürzte aus den Räumen.

Lady bellte und begann, sich von den Männern zu entfernen. Dann blieb sie stehen und schaute zu ihnen. Die drei Diensthabenden schauten ihr zu. Lady wiederholte ihr Spiel.

„Ihr könnt mich ja für dumm halten, aber dieser Hund will uns was sagen."

„Und was, du Hundeversteher?"

„Jetzt lass ihn. Er hat Recht. Ich habe so was schon mal erlebt. Da wollte einer seinem Herrchen helfen."

„Na gut, sehen wir nach!"

Als Lady bemerkte, dass die Männer sich darauf einließen, lief sie weiter in Richtung Strand.

Die Männer folgten und sahen dann urplötzlich zwei weitere Hunde. Die stritten sich um etwas, was der Pudel auf dem Rücken trug.

„Jetzt spinn` ich aber doch. Seht ihr das auch? Der Pudel trägt einen Rucksack?"

„Ein Hundetourist!"

Flower und Tanita beharkten sich direkt unter einer der Strandlaternen. Es sollte den Männern nichts entgehen. Sie durften nichts verpassen.

Die drei Polizisten verfolgten interessiert den hündischen

Zweikampf.

Lady gab unbemerkt ein Zeichen und Tanita öffnete mit den Zähnen eine Klappe am Rucksack ihrer Freundin.

„Da! Jetzt hat der eine Hund den Rucksack kaputt gebissen. Da rieselt was raus!"

„Was ist das? Sieht aus wie ein weißes Pulver!"

„Ihr denkt doch nicht...?"

„Der Köter ist ein Drogenkurier! Schnappen wir ihn uns!"

Lady hatte die ganze Zeit die Männer aufmerksam beobachtet. Sie erkannte sofort, dass die drei die gewollten Schlüsse gezogen hatten. Sie bellte ein weiteres Kommando und Flower stob davon in Richtung Bootssteg, scheinbar von Tanita verfolgt.

Dort hatte die Kastenfähre gerade fest gemacht. Die Fahrgäste waren unter Lachen und Plaudern dabei, auszusteigen. Unbemerkt schob sich Kasper zwischen den vielen Beinen zum Boot vor.

Mittlerweile waren die zwei rasenden Hunde in Stegnähe und erweckten auch die Aufmerksamkeit der Touris.

Lingas hatte den Kapitän der Fähre und seinen Kompagnon im Blick. Der war gleich nach dem Anlegen der Fähre an Bord gesprungen. Die beiden wollten das Durcheinander der Touristen nutzen, um ihr Geschäft in diesem Trubel unbemerkt abzuwickeln.

Noch verdeckten die Aussteigenden den Strand.

Flower lief Haken schlagend wie ein Hase über den Strand. Dabei verlor sie bei jedem Satz weißes Pulver. Ihre Locken waren auch schon ganz weiß davon. Sie sprang an den herum stehenden Leuten vorbei , lief hinter ihnen lang zum Steg. Tanita bog ab und verschwand in Richtung Palmen am Weg.

„Wen sollen wir denn nun verfolgen?"

„Wir brauchen diesen Pudel mit dem Zeug auf dem Rücken. Vergiss den anderen!"

Als die Touristen die drei Polizisten heran stürmen sahen, machten sie Platz. Der Tumult hatte sich verstärkt wie eine Ouvertüre, die sich dem Höhepunkt nähert.

Auch die Männer auf dem Boot wurden nun aufmerksam. Der Kapitän schloss den Geldkoffer und schob ihn unter das Ruder. Der andere lief nach draußen. Er wollte erst noch das Paket holen, entschied sich dann aber für die Flucht. Er sprang auf den Steg und strauchelte. Vor ihm war ein Pudel aufgetaucht, weiß bestäubt, mit etwas auf dem Rücken. Der Hund lief an ihm vorbei und sprang von der Reling ins Wasser.

Derweil waren auch die Ordnungshüter am Steg. Der Fluchtweg war versperrt. Er folgte dem Weg des Pudels.

„Greif ihn dir, Kosta!"

Der so Angerufene sprang dem Flüchtenden hinterher und machte ihn dingfest.

Die beiden anderen wurden von einem weiteren Schauspiel aufgehalten. Ein weiterer Hund zog ein Paket unter der Sitzbank hervor.

Kasper musste ganz schön ackern. Das verschnürte Teil war echt schwer.

„Das ist doch ein anderer Hund. Wo ist der Pudel?"

„Ist doch egal! Ich glaube, dass, was der Kleine da gerade als Spielzeug benutzt, ist viel interessanter für uns!"

Die Polizisten liefen auf Kasper und das Paket los. Der gab seine Beute sofort frei und sprang an Land.

Der Bootsführer und Kapitän hatte sich seitlich hangelnd an der Außenwand seines Ruderhauses zum Bug bewegt. Von da sprang er auf den nassen Sand, den Geldkoffer in der Hand.

Es war ein guter Plan. Er konnte entkommen. Jedoch hatte er nicht mit einem weiteren tierischen Feind gerechnet. Lingas hatte ihn keine Zehntel Sekunde aus den Augen gelassen. Er brach unter dem Steg hervor, die Lefzen fletschend, knurrend wie ein hungriger Panther. Der Kapitän hob erschrocken und schützend die Hände . Dabei ließ er seinen Koffer fallen. Lady, Kasper und Tricki, die bisher für Rückendeckung gesorgt hatte, starteten ein Bellkonzert.

„Sichere du das Paket. Ich greif mir den Vogel!"

Der eine Polizist gehorchte dem Ruf seines Kollegen.

Lingas überlegte nur kurz. Dann gab er dem Kapitän den Weg frei. Der rannte los. Lingas dagegen zog den Koffer in das Dunkel unter dem Steg.

Polizist Nummer drei spurtete dem Täter hinterher, der plötzlich mit einem weiteren überraschten Aufschrei stoppte. Der Polizist verlangsamte seinen Lauf und konnte so sehen, wie der Drogendealer vor einem weißen Husky zurückwich, der ihn vor sich her trieb wie ein Stück Wild.

Nun ertönten auch Sirenen in der Nähe. Polizist Nummer zwei hatte endlich Gelegenheit gehabt, Verstärkung zu rufen.

Der Kapitän gab auf. Beide Männer wurden festgenommen, das Paket sicher gestellt.

Keiner bemerkte die zwei großen Hunde, die etwas Silbernes über den Strand zu den Felsen zogen.

„Was habt ihr denn da gefunden?"

Snowbird und Lingas kamen bei den anderen an. Sie waren vollzählig.

„Das kommt eh nur in die Asservatenkammer. Vielleicht brauchen wir es irgendwann einmal."

Lady nickte.

„Ist jemand verletzt?"

„Wer hat uns versetzt? Wir sind doch alle hier?"

Kasper zählte noch mal durch.

„Alle da. Flower ist noch ein bisschen nass und keiner von uns hat auch nur eine Schramme."

„Lady, Kompliment. Dein Plan war ausgezeichnet."

„Ja,ja, ausgezeichnet. Aber ich war auch toll, oder?"

„Klar, warst du,Kasper, waren wir alle sieben."

„Und sie haben ihn echt verhaftet?"

Tricki bejahte.

„Ich bin den Autos gefolgt. Weit sind sie ja nicht gefahren. Die beiden sitzen in der Zelle und haben nichts zu lachen. Aus den Gesprächen der Polizisten habe ich mit bekommen, dass der Typ schon lange gesucht wurde. Sein Krempel ist wohl nicht ganz sauber und es gab bereits Todesfälle."

„Damit waren wir erfolgreich, Freunde!"

„Gibt es jetzt endlich was zu futtern? Ich weiß ja nicht, wie es euch geht, aber ich schwebe schon über dem Boden, so leer ist mein armer kleiner Magen!"

„Hört ihn euch an, unseren kleinen Schlauberger."

„Aber wo er Recht hat, hat er Recht!"

„Danke, Snowbird. Es tut gut, einen so mitfühlenden Freund zu haben."

Die Spannung der Jagd und die Euphorie des Erfolges lösten sich in einem fröhlichen Lachbellen von Lady, Snowbird, Kasper, Tricki, Tanita, Flower und Lingas. Der hatte es nicht versäumt, seiner Pudeldame mit seiner Nähe Körperwärme zu spenden. Er säuberte ihr nasses Fell von den letzten Mehlresten aus dem Rucksack. Flower entspannte sich sichtlich und lies ihn gewähren. Lady zwinkerte Snowbird zu.

„Also auf zu den Tavernen hier oben an der Straße. Den Koffer und das Roboterding holen wir auf dem Rückweg ab."

Die Sause wurde dann doch recht ausschweifend. Die Zahl der Restaurants und Tavernen war in Faliraki so groß. Die Hundeschar gönnte sich diesen Party-Luxus der Extraklasse. Lady bellte erst zum Rückzug, als der Morgen schon gefährlich nahe war.

„Wir haben einen guten Unterschlupf in dem alten Haus. Uns treibt nichts, also bleiben wir noch einen Tag hier."

Keiner aus der Gruppe hatte einen Einwand und so zogen sie rund, satt und zufrieden zu ihrem Schlafplatz.

Lingas wachte zuerst auf.

Seine Augen sahen schwarz. Es war aber nicht Nacht oder nur eine Farbe, es waren vollkommene schwarze Locken. Seine Pudeldame lag in seinen Pfoten.
Vorsichtig richtete er sich auf. Ein leises Schnalzen kam von seiner linken Seite. Er wendete den Kopf und sah Snowbird gerade in die Augen.
„Wach?"
„Wie du siehst!"
Sie flüsterbellten beide, um die anderen nicht zu wecken.
„Draußen?"
Vor der Tür schüttelten sich beide den Rest des Schlafes aus dem Fell. Sie sondierten die Gegend.
„Frühstück?"
Nach einigen kräftigen wohlschmeckenden Happen zogen sie zum Polizeirevier. Was sie hier hörten, zwang sie zum Handeln.
„Na gut, wir haben sowieso nichts Besseres vor. Wir holen also das Geld und das Roboterding und bringen sie nach Hause."
„Willst du den Koffer schleppen? Damit fallen wir auf und er ist elendig schwer."
„Wir machen es wie Flower. Ich hab bei dem Geschäft gesehen, dass die Ware abgeliefert haben. Doch da war noch keiner."
Die beiden Freunde liefen zum Laden.
„Tatsache,da steht die gesamte Lieferung noch vor der Tür. Dann borgen wir uns doch mal zwei."
„Snowi, wir können sogar bezahlen."
Lingas lies zwei Scheine aus dem Maul fallen.
„Na, wenn dir das lieber ist, auch so."
Jeder schnappte sich einen Rucksack. Es wurde umgepackt. Den leeren Koffer parkten sie unter dem Steg. Da wurde er sicherlich

gefunden.

„Ende der Geschichte!"

Lingas verstaute noch das nun nicht mehr summende technische Dingsbums in seinem Rucksack.

„Meinst du, die anderen verstehen, dass wir bereits los sind?"

Jetzt grinste Snowbird und lies eine Ansichtskarte sehen. Es war ein Foto vom Mandraki.

„Gute Idee, du Superheld!"

Sie platzierten die Karte direkt hinter der Eingangstür. So wurde sie sicher schnell bemerkt.

Die zwei vierbeinigen Backpacker wanderten in der Mittagshitze auf einsamen Pfaden und dann mit den Pfoten im kühlenden Nass am Strand entlang zur „Atlantic".

Erst der übernächste Abend fand alle sieben zusammen auf dem heimatlichen Schiff. Die beiden Normalos berichteten den Vampiren von den auf der Polizeistation gehörten Neuigkeiten.

„Demnach bleiben sie wirklich in Haft. Ihnen wird der Prozess gemacht, was ja hier sehr lange dauern kann. Sie werden auch auf alle Fälle super lange weggesperrt. Da geht es um Totschlag und vorsätzliche Körperverletzung. Die sehen wir nicht so bald wieder."

Snowbird ergänzte die Ausführungen seines Freundes.

„Die Polizei wollte nach dem Koffer fahnden. Deshalb haben wir uns arrangiert. Der Koffer blieb da am Boot, gut zu entdecken. Der Inhalt liegt jetzt hier bei uns auf dem Boot, sicher verwahrt."

„Sehr gute Arbeit, meine Lieben. Habt ihr schon Neuigkeiten von deinem Menschennachbarn, Lingas?"

„Ich war nach den Tagen mal wieder in meinem Zuhause. Mein Mensch hat sich sehr gefreut. Es gab augenblicklich super Fleisch und er hat bei mir gesessen im Garten und sein Stück gegrillt. Die

Lady kam auch noch dazu. Sie haben sich dann über den Nachbarn unterhalten. Sie hatten es natürlich von der Polizei und den Rest aus der Zeitung.

Aber sie teilten den Bullen auch mit, dass er niemals Drogen nehmen würde."

„Welche Nullen, Lingas? Wen meinst du damit?"

Kasper`s Bemerkung sorgte wie so oft für Entspannung auf den Gesichtern der Zuhörer.

Snowbird beugte sich zu Lady.

„Manchmal denke ich, er hört gar nicht schwer und verhört sich absichtlich."

„Vielleicht hast du Recht, aber es ist fast jedes Mal im geeigneten Augenblick."

„Mhm."

Lingas berichtete weiter.

„Er soll über den Berg sein und in einigen Tagen nach Hause dürfen. Sie haben sein Haus durchsucht und die Nachbarn befragt, aber nichts gefunden, was ihn zum Mittäter macht.

Sie waren auch schon im Krankenhaus. Er hat sie gefragt, ob man bei ihm eins seiner Spielzeuge gefunden hat."

„Aha! Dann ist ja gut, dass wir das mitgenommen haben."

„Ja, Tricki, das denke ich auch. Er war eher besorgt, als enttäuscht bei der Mitteilung, dass niemand etwas gefunden oder erwähnt hat."

„ Wir müssen warten, bis er zu Hause ist und wieder klar denken und auch arbeiten kann. Dann versuchen wir eine Verständigung."

„Dann ist ja für den Moment alles geklärt."

„Super, Chefin, dann lass uns zur Tagesordnung übergehen."

„Und die wäre, Kasper?"

„Na, Punkt Eins, Doppelpunkt, Frühstücksabendbrot für alle, Ausrufungszeichen."

„Deine Bücher bringen dich noch mal um den Verstand!"

Tanita schüttelte ihr buntes Fellköpfchen.

„Das ist kein Tand! Das ist geballtes Wissen aus Jahrhunderten, meine Liebe!"

Die letzte Bemerkung von Kasper löste die offizielle Runde ab. Die Unterhaltung wurde locker und fröhlich. Schließlich traf man Vorkehrungen für das Nachtmahl. Die Essensbeschaffer trabten ab, der Wasserträger tat seine Arbeit, der Tisch wurde gedeckt. Dann speiste man in entspannter, sorgloser Runde. Für heute !

Einige Tage vergingen in gewohnter Weise und total unspektakulär. Lingas zeigte sich bei seinen Menschen, damit er nicht in Vergessenheit geriet. Snowbird verbrachte seine meiste Zeit am Hafen und am Mandraki. Die Gang schlief und aß und aß und schlief. Bis zum folgenden Donnerstag.

Snowbird trabte in freudiger Erwartung auf ein Treffen mit Lingas inklusive Verpflegung durch die Altstadt. Er schlenderte gerade am Brunnen auf der Ipokratous vorbei als er bekannte und doch länger nicht gehörte Stimmen vernahm.

„Nein, ich habe sie auch länger nicht gesehen."

„Da stimmt was nicht."

Der Husky spitzte seine Ohren. Von wo kamen die Stimmen?

Hier war immer Betrieb, selbst in der mittäglichen Hitze. Es brauchte einige Drehungen, Wendungen und Schritte, bis er die Richtung genau bestimmt hatte. Das Plätschern des Brunnens hörte er auf seiner rechten Seite, die Stimmen von links. Sie kamen aber aus einer gewissen Höhe.

Snowbird wandte sich nach links, bis er eine Mauer fühlte. Jetzt erklangen die Stimmen über ihm.

„Seht mal, da ist wieder dieser weiße Husky. Der soll ja blind sein."

„Na hoffentlich stolpert der nicht über die Treppe hier und zieht die

Aufmerksamkeit der Leute auf sich. Ich habe keine Lust, in der Hitze gerade ein neues Plätzchen zu suchen."

Die Katzen konnten gar nicht wissen, wie hilfreich ihr Geplapper für Snowbird war. Er lief langsam an der sonnengewärmten Wand weiter, bis die Steine kühler wurden. Er spürte eine kleine Nische und versteckte sich darin. Die Ohren blieben auf das Gemauze von oben gerichtet.

„Wir sollten sie suchen. Schließlich schuldet uns Tiger noch ein Essen."

„Gut. Haltet die Augen offen. Irgendeiner ihrer Gang wird ja wohl zu finden sein."

„Sag ich doch. Da stimmt was nicht!"

„Ach Minka, du mit deiner Unkerei."

„Wir haben keinen von ihnen in den vergangenen Tagen zu Gesicht bekommen."

„Wir brauchen neue Informationen von der Gruppe im Hafen."

Das Miauen verstummte.

Snowbird setzte nach weiteren Minuten des Wartens seinen Weg zu Lingas und viel gutem frischen Fleisch fort. Er wusste noch nicht, dass ihn dort eine Überraschung erwartete.

K asper! Wo steckst du?"

„Tanita, ihr müsst los!"

„Will ich ja, Lady. Mir fehlt nur noch mein Begleiter."

„Tricky?"

„Nein."

„Doch, Tanita! Du gehst mit Tricki das Abendfutter besorgen. Keine Widerrede. Ich kümmere mich um Kasper."

Die Mädels zogen ab und Lady durchforstete systematisch das Schiff.

„Kasper, komm `raus!"

Stille.

„Kasper?"

Sogar der laue Nachtwind hielt den Atem an.

Lady zog die Hülle von dem Schlauchboot ab, dass seit einer Ewigkeit im Heck lagerte.

„Was hält dich von der Arbeit ab?"

„Wusstest du, wie berühmt unsere Insel ist?"

„Geh` wenigstens Wasser holen."

„Hier gibt es Attraktionen. Deshalb kommen so viele Touris hierher."

Lady schnappte sich das Buch.

„Ich bilde mich doch nur weiter, Chefin!"

„Die Prioritäten sehen anders aus. Du gehörst sofort an den Eimer!"

„Ich will mein Buch wieder haben!"

„Erst der Eimer, dann das Buch."

Kasper stellte wieder einmal unter Beweis, wie schnell er rennen konnte mit seinen drei Beinen, auch mit einem Eimer Wasser in der Schnauze.

„Mein Buch!"

„Ich habe eine Bedingung."

„Das ist die pure Ausbeutung! Bildung ist wichtig!"

„Wir essen gleich."

„Ich bin gar nicht mehr hungrig."

„Nach dem Essen erfüllst du mir meinen Wunsch."

„Ich - „

„Du wirst uns allen berichten, was es auf der Insel so Sehenswertes gibt."

„Waaas?"

„Essen ist fertig!"

Lady verschwand schon im Niedergang, das Buch immer noch dabei. Kasper schüttelte sich die Überraschung aus dem Fell und warf die Vorderpfoten vor Freude in die Luft wie ein aufsteigendes Pferd.

„Oh, Hundegott, bin ich hungrig!"
Während er gen Kombüse steuerte, überlegte er.
Welche Geschichte kam zuerst?

Lingas erwartete entgegen der sonstigen Treffen Snowbird nicht vor dem Hauseingang. Dafür hörten seine Lauscher durcheinander wirbelndes Stimmengewirr und seine Riechrezeptoren erfuhren ein Feuerwerk von Wurst-und Fleischspezialitäten. Eingehüllt in heiße wabernde Dämpfe nach Bifteki, Souvlaki und Grillsteaks fand er untrüglich seinen Weg durch das Haus zum Garten.
„Hallo, mein weißer Freund."
„Hat jemand Geburtstag?"
„Unser Nachbar Giorgios ist zurück aus dem Krankenhaus."
Lingas zog den Husky zu seinem Platz an der Mauer,
wo schon alle Köstlichkeiten auf die beiden warteten.
„Wir müssen uns stärken!"
„Was hast du vor?"
„Genieße und schweige."
Snowbird langte zu und Lingas tat es ihm gleich.
Nach Hunderten von Biftekischnappsekunden und Steakreißminuten kam Lingas endlich auf sein Vorhaben zu sprechen.
„Es ist Zeit für unsere Belohnung."
„Ich bin so vollgestopft wie eine Weihnachtsgans. Da geht nichts mehr rein."
„Ich spreche von Anerkennung, Snowi."
Lingas verschwand in den Büschen hinter dem Lager und kam mit dem Roboterteil des Nachbarn wieder zwischen den Blättern und Zweigen hervor.

„Ich zeige es dir."

Lingas lief mit dem Teil zwischen den Zähnen zu seinen Menschen.

„Was hast du da, Lingas?"

Der Toy Terrier suchte mit den Augen nach Giorgios.

Der erstarrte erstaunt in seiner Bewegung, als Lingas ihm sein Spielzeug vor die Füße legte.

„Mein Roboter, mein Prototyp!"

Giorgios hockte sich vor Lingas und nahm den Roboter auf.

„Da ist noch alles dran, nichts kaputt. Wo hast du den her, Hund?"

Er schaute noch immer gebannt auf das Teil in seiner Hand.

„Du! Du bist der Hund, der mich gefunden hat und von dem alle Leute berichtet haben!"

Lingas richtete sich zu seiner vollen Größe auf und wedelte erfreut mit seinem Schwanzstummel. Der Nachbar deutete die Bewegung am Hinterteil des Hundes richtig.

„He, danke. Aber dass du den hier mitgebracht hast... Ich weiß zwar nicht, woher du gewusst hast, dass das Ding zu mir gehört, aber wirklich super gemacht! Das braucht eine Belohnung. Komm mich besuchen, wann du willst."

Lingas nickte zur Bestätigung und zog sich zu Snowbird zurück.

„Was ist jetzt der Effekt?"

„Wir haben Zugang zu seinem Haus."

„Und das bringt uns was?"

„Ich brauche nun mein Verdauungsschläfchen."

„Da macht er was, ohne ein Ziel zu definieren. Aber meinetwegen auch das. Ich trabe auch zum Boot. Danke für die Hundegenüsse der besonderen Art."

Lingas schlief bereits.

Lassen wir den Husky vorerst in seinem Glauben. Snowbird würde sein Urteil über die Tat von Lingas sehr bald revidieren müssen.

Die anderen kauten noch. Kasper rutschte auf seinem Hinterteil unruhig hin und her.

„Du machst mich ganz nervös mit deiner Zappelei."

„Ich bin kein Zappel – Ei!"

„Fang schon an, du neunmalkluger Dreibeiner von einem Hund."
Kasper zuckte aufgeregt mit seinen spitzen Ohren.

„Was ist los? Ist was passiert?"

„Das Buch ist passiert."

„Wie, hat es ihn am Kopf getroffen?"
Lady lachbellte kurz.

„So kann man es auch nennen."

„Also, ähm -"

„Es ist keine Zeit für ähm`s."

„Ich habe unter den Büchern auf dem Boot eines gefunden mit Geschichten über unsere Insel. Wir kennen die Stadt und den Hafen und den Weg bis nach Faliraki. Aber die Insel ist ja viel größer."

„Was du nicht sagst, mein Kleiner!"

„Worum geht es in deinen Geschichten?"

„Da gibt es ein Tal mit Hunderten von Schmetterlingen, die man nur zwei Monate im Sommer sehen kann oder ein Tal, in dem sieben Quellen entspringen oder an der Südspitze der Insel sollen sich zwei Meere treffen und das Wasser ist unterschiedlich blau und da wird erklärt, warum an den Stränden so viele Kiesel liegen oder die Quellen sprudeln oder die Schmetterlinge herkommen."

„Das sind doch nur Geschichten."

„Das sollen Touristenattraktionen sein. Also muss es sie geben. Chefin, können wir dahin und nachsehen, ob das wahr ist?"

„Hallo Leute!"

„Abend, Snowbird."

„Auf dem Buch ist sogar eine Karte."

„Du bist ja total versessen!"

„Ich bin nicht verfressen. Na ja, ein wenig, aber was hat das mit dem Buch zu tun?"

„Lady, kann ich dich kurz sprechen?"

„Kasper, danke für die Anregungen. Du kannst uns die Geschichten gern erzählen und wer weiß, vielleicht ergibt es sich, diese Orte einmal zu besuchen."

Lady winkte dem Husky, der ihr an Deck folgte.

Kasper nahm enttäuscht sein Buch und schloss sich mit ihm und seinen Träumen in seiner Kajüte ein.

Ob seine Wünsche noch in Erfüllung gehen würden?

Bei Sonnenuntergang des Folgetages erschien Lingas an Bord.

„Giorgos will uns sehen."

„Wann?"

„Wo?"

„Wieso?"

„Warum, weshalb? Was ist los mit euch?"

„Was ist los mit dir?"

„Er hat Fragen zu dem Überfall."

„Warum so eilig?"

„Ich bin hungrig."

„Wir gehen alle zusammen."

Die Meute kam vor dem Haus des Eitlers an.

„Lingas, Snowbird und ich gehen rein. Ihr wartet hier."

Die Haustür stand offen. Lingas klopfbellte. Giorgos` Kopf erschien in einer Tür am Ende des Ganges. Er winkte die drei zu sich. Während Lingas und Snowbird der Aufforderung folgten, sicherte Lady nach allen Seiten. Schließlich waren sie hier fremd.

Giorgos begann sofort, Fragen zu stellen. Bald bemerkte er aber, dass die Verständigung nicht so einfach war. Hund und Mensch hatten sich noch nie wirklich verstanden, obwohl der Mensch davon überzeugt war.

Lady hatte die ersten Minuten genutzt und sich in dem Raum umgesehen. Sie sah ein wandfüllendes Regal mit großen und kleinen, bunten und einfachen Büchern.

In den Ohren des Menschen war es nur ein Bell-Laut.

„Ich hole Kasper. Der ist hier hilfreich, glaube ich."

Giorgos sah den Jack-Russell davon laufen und mit einem dreibeinigen Podengo wiederkommen. Der Kleine hatte ein spitzbübisches Gesicht.

Giorgos redete wieder. Kasper lief zum Bücherregal und zog wahllos eines aus der untersten Reihe heraus.

„Eh, was machst du mit meinen Büchern, lass das!"

Kasper kam direkt auf ihn zu und legte das Buch auf den Boden vor dem Mann. Dann blätterte er es auf.

„Du willst mir was sagen."

Kasper tippte auf die Seite. Giorgos bückte sich herunter und versuchte zu lesen.

„Ja, das Bier schmeckt hervorragend?"

Kasper schüttelte den Kopf und tippte noch mal.

„Warte! Jetzt habe ich eine Idee!"

Giorgos nahm ein großes Blatt Papier und schrieb ein paar Buchstaben darauf. Kasper bellte und drehte sich erfreut im Kreis. Giorgos schrieb weiter und bald fanden sich alle Buchstaben des Alphabetes schwarz auf weißem Grund.

Kasper tippte mit der Pfote auf das „J" und das „A".

Giorgos nickte erfreut und strich dem klugen Helfer über den Kopf.

Es dauerte Stunden bis alle Details von Überfall und Finden von Giorgos und Rettung des Roboters erklärt waren.

Der Eitieler war ein guter Gastgeber. Er hatte zeitig eine Pause eingelegt.

„Habt ihr Hunger?"

„Ich liebe Souvlaki und Bifteki und Tintenfisch."

„Gebt mir zwei Minuten."

Giorgos war Stammgast im Restaurant an der Ecke.

„Guten Abend, Michali. Ich nehme acht Souvlakispieße, vier Bifteki, vier Steaks medium rare, eine Tiropita und eine Portion Pommes."

„Machst du wieder eine Nachtschicht? Das reicht ja für drei."

Zurück im Haus bellten die Hunde sich an. Hatte er gerade richtig gesehen, dass die Jack-Russell-Dame, wie er nun wusste, dem Kleinen eine leichte Ohrfeige verpasste?

„Was denn, ich habe doch nur gefragt, was ihr dann essen sollt!"

„Konzentriere dich auf deine Arbeit. Du bist heute die wichtigste Hundeperson!"

So ging es mit dem Buchstabenantwortzeigen bis zum Morgen. Gigantisch zufrieden verließen die drei Hundefreunde ihren neuen Menschenfreund.

Warum? Wir werden es erfahren, wenn Giorgos seine Arbeit fertig hat!

Der Abend fand die Hundegang in den Gassen der Altstadt. Nach dem Bericht von Snowbird hatte sich Lady dazu entschlossen, das Gespräch mit Queeny zu suchen. Sie schickte die Mädchen und Kasper auf Vergnügungsrundgang. Der Husky begleitete sie.

Zu finden war die Katzengang neuerdings am Sofokleous – Platz. Die umliegenden winzigen Cafés und Restaurants boten genügend Nahrung.

Lady und Queeny sahen sich im selben Moment. Die Jack – Russel-Hündin lief an der Burma - Dame vorbei.

„Ich sehe dich in der Ruine. Allein."

Am Platz stand die Ruine einer alten Moschee, ein Überbleibsel aus früherer Besatzungszeit. An der noch stehenden Rückfront der Mauer gab es ein Loch im Fußboden. Die gebrochenen Plattenstücke lagen übereinander und verdeckten die Höhlung. Da hinein verschwand die Hündin. Queeny folgte ihr mit einem eleganten Sprung nach. Unter den Resten des Bauwerkes verbarg sich ein weiterer Raum. Wenige noch vorhandene Stufen zeugten von einer ehemaligen Verbindung zwischen den beiden Etagen. Hier unten war es dunkel. Nur durch den Spalt fiel von oben etwas vom Schein des Nachthimmels herein.

„Was willst du?"

„Lass uns in Ruhe und hör` auf, nach Tiger zu suchen."

„Die schuldet uns noch ein Essen."

„Das wird sie euch schuldig bleiben."

„Tiger hat ihre Rechnungen bisher immer beglichen."

„Ich sage es noch einmal. Hört auf, zu schnüffeln. Lebt euer Leben und vergesst uns."

„Ist das eine Drohung?"

„Das Angebot solltest du Ernst nehmen."

„Wo ist Tiger?"

„Sie hat die Insel verlassen."

„Wieso glaube ich dir nicht? Der dumme, blinde Husky hat uns belauscht, richtig? Wir werden sie suchen und danach seid ihr dran!"

Queeny drehte sich um und strebte dem Ausgang zu. Warum nur wollte sie nicht hören?

Lady setzte zum Sprung an. Sie riss die überraschte Queeny zu Boden. Große dunkle Augen starrten ihr entgegen. Ihre Vordertatzen standen auf dem schmalen Katzenkörper. Queeny war außer Stande, sich auch nur zu rühren.

„Warum nur nimmst du keine gutgemeinten Ratschläge an? Du hast damit dein Schicksal besiegelt. Du wirst Tiger und ihrer Meute auf ihrem langen Weg in die Ewigkeit folgen."

Lady zog ihre Lefzen ganz langsam nach oben und entblößte ihre kräftigen gesunden Zähne. Queeny sah im fahlen Licht des Nachthimmels, der durch die Deckenöffnung des Kellerraumes drang, wie sich die zwei Fangzähne in der oberen Gebißreihe der Hündin veränderten. Sie wuchsen in die Länge. Sie erstarrte vor Schreck und war tot, bevor Lady ihre wundervollen Vampirzähne in ihrer Halsschlagader versenkte.

„Da kommt sie!"
„Das war ein langes Gespräch."
„Minka, für dich zur Erklärung. Verhandlungen von Rudelführern brauchen ihre Zeit. Sie erwartet euch im Keller der Moschee."
Die drei Katzen stoben davon.
„Was hast du ihr gesagt?"
„Reden ist manchmal nicht genug."
Der große völlig weiße Hund und die kleine fast weiße Hündin liefen nebeneinander in schweigender Übereinkunft zum Dock und zu ihrem Schiff zurück.
Die anderen waren noch unterwegs. Der Husky und
die Jack-Russell-Dame begaben sich zu ihrem Lieblingsplatz an Deck. Sie legten sich eng nebeneinander. Das Schweigen zwischen ihnen erzählte die Geschichte, die sie beide bereits kannten.
„Eine Sternschnuppe! Wünsch` dir was, Huskyman. Ein fliegender Stern erfüllt dir jeden Wunsch."
„Ich möchte ihn sehen, den fliegenden Stern und die Wolldecke mit den Wassertropfen über uns. Und dich, kleine Lady."
Das neuerliche Schweigen war eine traurige Wolke, die ihre Sehnsüchte nicht abregnen wollte.
„Beiss` mich!"
Die Worte des Hundemannes schoben die dunkle Wolke zur Seite.
„Beiss` mich, so wie Tanita damals und die anderen Drei deiner Freunde. Ich möchte zu euch gehören. Es macht keinen Spaß, die

Tage allein zu verbringen. Ich verschlafe sie sowieso meistens, damit ich in den Nächten bei euch sein kann. Ich liebe dich, kleine Lady."

Das Herz der Hundedame schlug im Hals wie ein Schmiedehammer auf den Amboss. Sie schnappte nach Luft.

„Dann bist du für immer ein Jäger der Nacht."

„Nur so macht mein Leben noch Sinn!"

„Leg dich auf die Seite, mein Weißer. So ist es gut. Ich liebe dich seit unserer ersten Begegnung."

Lady wartete geduldig.

Snowbird erwachte aus seiner kurzen Ohnmacht. Er lag da und lauschte in sich hinein. War etwas anders? Fühlte er sich anders?

Neben sich spürte er einen Schatten. Der Schatten war klein und lag neben ihm. Es war ein Hund, besser eine Hündin. Das konnte ja nur die kleine Vampirdame sein. Schatten, wieso spürte er einen Schatten?

Der Schatten wurde heller. Snowbird erkannte weißes Fell. Es blitzte plötzlich in seinem Gehirn, hell und dunkel. Der Husky drehte den Kopf.

„Willkommen zurück, mein Weißer."

Snowbird stöhnte auf und sprang auf alle vier Pfoten. Er drehte sich im Kreis. Er hob den Kopf zum Himmel. Es folgte ein lautstarkes Freubellen.

„Snowi, geht es dir gut?"

„Ich wusste, dass du gut aussiehst, kleine Hundedame. Aber du bist so wunderschön mit deinem weißen Fell mit den kaffeebraunen und vollmilchfarbigen Flecken und den caramelfarbigen Ohren. Und erst deine Augen!"

„Huskyman?"

„Du hast da noch einen Blutstropfen an der Schnauze. Du gestattest doch?"

Snowbird trat auf Lady zu und säuberte ihr die Schnauze.

„Mhm, Blut. Katzenblut. Sehr lecker."

Lady war zur Hundestatue erstarrt.

Snowbird küsste ihre Schnauze, ihre Ohren, ihre Augen.

„Danke, Ladoula. Du hast mir ein neues Leben geschenkt."

„Unsinn. Das war die Sternschnuppe."

Lady drehte den Kopf zur Seite und leckte eine Träne von ihrer Wange.

„Sieh dir diesen Himmel an. Eine warme Wolldecke mit glitzernden Wassertropfen, wie du gesagt hast. Einfach phantastisch!"

Am Heck waren Hundestimmen zu hören.

„Chefin?"

„Ich hoffe, ihr habt ein ordentliches Abendessen mitgebracht."

Die vier Stadtbummler hatten sich während der Mahlzeit noch viel zu erzählen und riefen sich etliche Erlebnisse noch einmal ins Gedächtnis. So fiel ihnen nicht auf, wie still Lady und Snowbird beim Essen blieben. Snowbird betrachtete seine Freunde ganz genau, wie ein Maler oder Fotograf, der keine Einzelheit seines Porträts auslassen möchte.

Tanita begann dann, den Tisch abzuräumen. Sie war noch am erzählbellen und deshalb unaufmerksam. Die Holzplatte mit den Bifteki rutschte ihr aus der Pfote. Ein Bifteki nutzte die Chance zur Flucht. Blitzschnell schoss Snowbird`s linke Pfote hoch und er fing das Fleischbällchen auf. Tanita`s Augen wurden groß wie Fischburger.

„Er kann sehen!"

„Klar kann er gehen, kann er doch schon -

Was kann er? Snowbird!"

Kasper, gerade noch am anderen Ende des Tisches flog wie ein vom Bogen abgeschossener Pfeil auf die entgegengesetzte Seite und pflanzte sich vor dem Husky auf. Seine Ohren zitterten vor Aufregung.

Snowbird lachbellte.

Kasper hob seine linke Vorderpfote.

„Wie viele Pfoten siehst du?"

Snowbird hob seine rechte und gab ihm eine Fünf.

Kasper neigte den Kopf von rechts nach links und von links nach rechts .

„Du hast aber schöne Augen, Snowbird!"

„Danke mein kleiner Freund."

Der Husky stupste den kleinen Podengo mit seiner Schnauze.

Kasper brach in Hundebelljubel aus und drehte sich wie ein Kreisel.

Tanita sah Lady fragend an. Die nickte.

Flower und Tricki hatten die Szenerie beobachtet. Langsam verstanden auch sie, was passiert war.

„Wunderbar! Dann gehörst du jetzt zu uns, so richtig, meine ich."

„Und weil er das tut, müssen nicht nur wir jetzt in die Kojen. Snowbird, wirst du daran denken, dass du nicht in die Sonne darfst?"

Ein selten fröhliches Gewusel entstand beim Aufsuchen der Kabinen.

„Lady, darf ich dich in meine Kabine einladen? Ich möchte dich einfach nur anschauen."

„Kann gerade einige Minuten sehen und ist schon ein Voyeur."

Lady sprang auf das große Bett und kuschelte sich in das dichte Fell ihres sehenden Freundes. Snowbird konnte lange nicht die Augen schließen. Immer wieder riss er sie auf, um sicher zu sein, dass er seine geliebte Jack-Russell-Hündin noch erblickte.

Wie viele wunderbare Jahrhunderte jetzt vor ihnen lagen oder würde das Schicksal anders entscheiden?

An diesem Donnerstag Nachmittag wartete Lingas vergeblich auf seinen Freund. Am Abend würde er Flower treffen. Vielleicht hatte die eine Antwort für ihn. Und was für eine!

„Entschuldige, liebes Lockenkind. Aber da muss ich mich erst selbst davon überzeugen!"

Lingas stürmte zum Dock.

„Ich wollte gerade zu dir, mein Freund."

„Ist das wahr, was Flower erzählt? Du kannst sehen?"

Stolz streckte der Husky seinem Freund sein Gesicht entgegen.

„Du hast ein unvergleichliches Glitzern in den Augen. Du bist also jetzt einer von ihnen?"

„Die Nacht ist ab sofort mein Tag!"

„Das macht es mir leichter."

„Was meinst du?"

„Wir machen morgen Nacht unseren Herrenabend, ja? Jetzt darf ich meine Herzdame nicht länger warten lassen."

Flower hatte es sich auf der Decke im Garten bequem gemacht. Sie kannte Lingas so gut. Er würde sie trotz der Freude über Snowbird`s Augenlicht nicht lange allein lassen.

Vorerst jedoch bekam sie anderen Besuch. Giorgos betrat den Garten. Seine Augen waren auf der Suche nach dem Toy Terrier, fanden aber nur die Pudeldame. Aber er erinnerte sich, sie auch in der Nacht vor seinem Haus gesehen zu haben.

„Hallo, Pudel. Wir kennen uns. Du brauchst keine Angst zu haben."

Flower bellte, was Giorgos als Zustimmung nahm.

„Ich suche den anderen Hund, der hier wohnt."

Flower schüttelte ihren Kopf.

„Macht nichts. Wenn du hier bist, kennst du wahrscheinlich ja auch den kleinen klugen dreibeinigen Hund. Für den habe ich hier einen Zettel. Bringst du ihm die Nachricht?"

Giorgos legte den Zettel an den Rand der Decke. Flower erhob sich, beschnupperte das Papier, nahm es vorsichtig zwischen die Zähne, legte sich wieder auf ihren Platz und den Zettel neben sich.

„Okay, da steht alles drin. Ich warte dann, dass er mich abholt."

Giorgos war gerade aus der Tür, da kam Lingas herein.

Kurz verständigten sich die beiden über Besuch und Nachricht.

„Komm, wir zwei brauchen jetzt ein absolut verschwiegenes Plätzchen, mein Herz."

Zwei Turtelhunde hier, zwei Turtelhunde da.

Lady und Snowbird genossen ebenfalls die Nacht. Snowbird wollte so viel sehen.

„Zeig mir alles!"

Der Kolona - Hafen, der Mandraki, der Nea Agora, die Altstadt, das Meer, die Lichter, die Schiffe – Snowbird war ein Schwamm, der aufnahm, aufsaugte, verinnerlichte.

Lady begleitete ihn überglücklich, zeigte ihm, was ihr wichtig war und ihm gefallen könnte. Bis zum Aquarium liefen sie und hier, an der Nordspitze der Insel, liebten sie sich, allein zu zweit, nur mit dem Sand, dem Meer und dem Himmel.

Welch ein vollkommenes Hundeleben!

Männernacht!

Lingas hatte ordentlich aufgetafelt. Snowbird hatte sich nicht lumpen lassen und Giros-Pita von seinem Lieblingskiosk vom Nea Agora mitgebracht.

Die beiden Freunde genossen die wunderbaren Fleischstücke, die Pita und die Schokolade. Dieses kleine Geheimnis hatte Flower ihrem Geliebten verraten.

Was machten die beiden Hundemänner noch während der

ausgedehnten Mahlzeit?

Natürlich tauschten sie sich über ihre Herzensdamen aus.

„Da wir gerade von Flower reden, was wirst du tun?"

„Da sind wir bei dem, was ich dir sagen will."

Nach diesem Satz kam lange nichts.

Snowbird gab ihm die Zeit. Lingas kämpfte sichtlich mit sich selbst.

„Mein Leben war gleichmäßig, unspektakulär, einfach , geregelt und ungefährlich. Das habe ich als angenehm empfunden, bis ich dich kennenlernte, mein Freund. Ich brauche mich bis heute nicht um mein Futter zu kümmern und habe es auch zudem noch sehr gut getroffen. Die Herzen der Pudeldamen flogen mir zu. Ich wollte mich nie binden. Das will ich auch heute nicht, trotz meiner Liebe zu Flower.

Aber die Erlebnisse mit dir haben mich verändert. Ich begann zu spüren, dass da mehr war als mein geregeltes Dasein. Die Abenteuer, die Gefahr, ja selbst die Ungewissheit des Überlebens haben Adrenalin durch meine Adern gepumpt. Ich fühlte mich plötzlich so lebendig. Du hast mir gezeigt, wie unendlich groß die Welt sein kann, auch auf unserer kleinen Insel. Ich will das alles haben, jeden Tag.

Deshalb habe ich den Entschluss gefasst, dieses Heim hier hinter mir zu lassen und meinen wilden ursprünglichen Charakter auszuleben. Ich habe eine Passage für mich ausgemacht. Morgen , besser gesagt, heute Morgen legt ein großer Touridampfer im Kolona – Hafen ab. Er bringt mich irgendwohin. Ich fahre so lange mit, bis man mich entdeckt, es mir an einem Ort gefällt oder die Reise zu Ende geht."

„Und Flower?"

„Flower würde niemals die kleine Lady und ihre Freunde verlassen. Keine Sorge, wir haben das gestern bereits geklärt.

Weißt du, manche Hunde haben eine große Liebe im Herzen, aber es gibt etwas , was noch größer ist, Und dem müssen sie folgen!

Da du jetzt sogar ein Sehender bist, brauche ich mir auch um dich keine Gedanken mehr zu machen. Du kannst ab sofort sehr gut auf dich selbst und deine Lieben aufpassen.

Ich werde mich von keinem weiter verabschieden. Grüße alle von mir. Nur du solltest meine Beweggründe kennen. Dir habe ich mein neues spannendes Hundeabenteuerleben zu verdanken!"

Es war alles gesagt zwischen den zwei Freunden.

Snowbird begleitete Lingas bis zum Schiff. Er verfolgte aufmerksam, wie sich der English Toy Terrier zwischen den Koffern der Neuzusteiger hindurch den Weg auf das Unterdeck erschlich. Lingas verschwand in den Schatten des Schiffsbauches.

Snowbird wartete die Abfahrt des Touristenschiffes ab. Oben an der Reling standen viele Menschen, einige sogar mit Hunden an der Leine, und winkten. Und dann sah er ihn noch einmal, seinen Freund Lingas, mitten in der Menge. Er hob eine Pfote, wohl wissend, dass sein weißer Freund noch am Ufer ausharrte.

Snowbird sah noch, wie sich Lingas dann einer Pudeldame zuwandte, die neben ihm traurig an der Leine saß.

Der Husky trabte los. Sein Freund würde seinen Weg finden und Pudeldamen gab es überall auf der Welt!

Zum Frühstück, zu dem er gerade noch rechtzeitig kam, lieferte er seinen Ereignisbericht ab. Nur das, was Flower betraf, ließ er weg und selbstverständlich erwähnte er in ihrem Beisein nicht, wie schnell sich Lingas getröstet hatte.

Kasper weinte.

„Ich dachte, er ist mein Freund!"

„Das ist er und das wird er immer bleiben!"

„Ein Freund muss sich verabschieden!"

„Genau das wollte er nicht, dich weinen sehen. Wenn du noch ein paar Jahre weiter bist, wirst du verstehen, dass so ein Hundeleben nicht immer nur einfach ist."

„Das weiß ich."

„Denk an diesen Moment, wenn du einmal vor so einer

Entscheidung stehen solltest. Er wollte nicht, dass wir ihn aufhalten."

„Ich hätte ihn nicht gehen lassen!"

Kasper flüchtete sich in seine Kabine.

„Hoffen wir, dass die Zeit seine Wunde pflegt und er bald nur die Freundschaft mit Lingas im Herzen trägt."

„Das hast du schön gesagt, Huskyman. Komm jetzt, es wird Tag."

Stille senkte sich über das Schiff.

Nur ein kleiner trauriger Gruß eilte mit dem Wind einem guten Freund hinterher. Kasper sollte allerdings keine Zeit zum Trauern bleiben.

Zum nächsten abendlichen Frühstück legte Flower die Zettelpost von Giorgos vor Kasper`s Nase.

„Was steht da?"

„Seit wann hast du den?"

„Gestern warst du dafür nicht aufnahmebereit."

Lady griff in den Disput ein.

„Was teilt Giorgos uns mit?"

Kasper las die wenigen Zeilen. Dabei bewegte sich sein Schnäuzchen beim stummen Ausformulieren des Geschriebenen. Mit jedem gelesenen Wort verstärkte sich sein Grinsen. Es wanderte von den Augen bis zur Schnauze und am Ende zittergrinsten sogar seine Ohren.

„Giorgos hat es geschafft! Und er verspricht uns, dass er unsere Erwartungen noch übertreffen wird!"

Kasper machte sich bereit zu gehen.

„Was?"

„Wie was? - Ach so, ich hole ihn ab und bringe ihn hierher."

„Hat er gesagt?"

„Nein, hat er geschrieben."

„Du gehst nicht allein."

„Ich bin nicht zu klein. Hört endlich auf mit dem Kinderkram!"

„Lieber Kasper, du Belesenster aller Vampirhunde. Du gehst bitte nur in Begleitung. Wir brauchen dich noch."

„Welche Leitung? Ich -"

„Schluss jetzt, du Spaßhund. Ihr werdet Giorgos zu zweit holen, du und Tricki. Und nicht erst nach einer langen Rede, sondern sofort!"

Kasper holte tief Luft.

„Sofort! Sonst sind für die nächsten acht Wochen sämtliche Biftekiausflüge gestrichen!"

Unter den strengen Augen von Lady zog Kasper Schwanz und Ohren ein.

„Ich geh ja schon. Bummle nicht, Tricki!"

Die beiden jagten durch die Altstadt. Bevor sie Giorgos herausklingelten, brannte Kasper eine Frage unter den Krallen.

„Was magst du lieber, Bifteki oder, oder Blut?"

Tricki blieb ihm die Antwort schuldig. Giorgos stand in der Tür.

Die folgenden Stunden sollten für alle jede Menge Überraschungen bereit halten!

Das erste, was Giorgos tat, als er auf dem Boot ankam, war das Aufstellen einer merkwürdigen Apparatur. Es sah aus wie ein Mikrofon und ein Bildschirm mit einem Kasten voller bunter Lämpchen und vielen Leitungen. Giorgos verkabelte alles und schloss den Stromkreislauf.

Er winkte Kasper herbei.

„Ich weiß, dass ihr die Menschen verstehen könnt, aber wir nicht euch, bis heute. Das , was du hier siehst, oder ihr, ist ein Übersetzer für mich. Ihr bellt, was immer ihr zu bellen habt. Mein Gerät wird das in Text für mich übersetzen. Das ist heute der erste Test, also funktioniert vielleicht nicht gleich alles tadellos."

„Ich bin begeistert!"

„Du hast gesagt, du bist begeistert."

„Hab ich, bin ich. Wie scharf ist das denn!"

„Nun wird vieles leichter. Verrate mir eure Namen."

Kasper erklärbellte und Giorgos konnte die Hundelaute übersetzt als Schrift auf seinem Monitor lesen.

Die Unterhaltung dauerte die gesamten verbleibenden Nachtstunden. Mit dem Licht des wiederkehrenden Tages verließ Giorgos das Schiff der Hundegang. Es war alles besprochen.

„Warum drängst du ihn so, Ladoula?"

„Ich glaube, es ist besser, die Insel so schnell wie möglich zu verlassen."

„Aber Tiger ist besiegt, Queeny kann auch keinen Ärger mehr machen. Was beunruhigt dich so sehr?"

„Meine in Jahrhunderten gereifte Spürnase sagt mir, dass hier etwas ganz und gar nicht in Ordnung ist. Das Verschwinden der Hunde ist Gespräch in der Altstadt. Die Abreise von Lingas blieb nicht unbeobachtet. Minka und ihre Freundinnen erzählen jedem, der es hören will, vom Mord an Queeny. Ich werde mit allen Ereignissen in Verbindung gebracht. Ich muss meine Familie beschützen."

„Wir, Ladoula. Du bist nicht mehr allein."

„Und das ist noch nicht alles! In der Nacht am Aquarium sind wir beobachtet worden."

„So ein Spanner kann uns gar nichts!"

„Dabei wurde uns nicht zugesehen."

„Ah, du meinst..."

Snowbird hob in Erinnerung an das Geschehen den Kopf und seine Augen glitzerten mit den Sternen um die Wette. Seine Zunge fuhr über Zähne und Schnauze. Er schmeckte es wieder, das Blut seines ersten Opfers. Seine bißerfahrene Jack – Russell – Freundin hatte ihn eingeführt in die Rituale der Vampire. Sein Einstiegs - Trankopfer war zwar nur eine Ratte gewesen, aber ihr Blut berauschte ihn und hatte in ihm die Lust auf mehr geweckt. Sein Verlangen hatte auch Lady erfasst und zu zweit hatten sie eine regelrechte Blutorgie veranstaltet.

„Wir hätten die zwei letzten Kätzchen nicht verschonen dürfen. So klein und doch schon so geschwätzig!"

„Es war der Neue, der mit dem Schiff aus Symi gekommen ist. Der will sich irgendwo einschleimen."

In dieser Nacht schlief Snowbird sehr unruhig. Immer wieder lief vor seinem Traumauge der gleiche blutige Film ab, mit vollem Geschmack.

Die Erinnerungen des Traumes hingen ihm noch beim Frühstück an.

„Mein Weißer, kannst du mal bitte nach Kasper schauen."

„Ist er noch traurig?"

„Vielleicht auch das. Aber er hat eher noch eine andere Frage, an einen Freund, meinte Tricki."

Snowbird fand den dreibeinigen Podengo im Maschinenraum.

„Hallo, Snowbird. Kannst du mal eben hier halten? Ich muss für Giorgos das Schiff vermessen."

„Du hast eine Frage an mich?"

„Hat Tricki gequatscht? Das war eher allgemein."

„Dann gehe ich mal wieder."

„Warte! Es war nur so, es beschäftigt mich eben."

Kasper rollte das Maßband ein.

„Manchmal packt mich das Verlangen nach der Jagd. Verstehst du? Unserer Art von Jagd."

„Und nun willst du wissen, ob das anderen auch so geht?"

„Hast du denn schon, äh, warst du schon -"

„Ja, ich habe es getan und es hat Spaß gemacht."

„Meinst du, die Chefin erlaubt mir das ab und zu?"

„Sie hat dich zu dem gemacht, was du bist. Egal warum. Warum nicht? Wir werden darüber sprechen, einverstanden?"

„Hilfst du mir noch weiterhin. Dann werde ich schneller fertig mit

der Messerei. Giorgos braucht die Daten morgen Nacht."
Den Computerspezialisten sollten sie schneller als geplant auf dem Boot wiedersehen.

Snowbird erwachte durch schleifende Geräusche auf dem Deck ihres Schiffes. Daneben waren Schritte zu höre. Ein Mann, ein einzelner Mann. Als er nach den Hunden rief, erkannte der Husky die Stimme. Giorgos kam den Niedergang herunter und zog etwas Schweres hinter sich her, was von Stufe zu Stufe fiel.

„Hey, jemand zu Hause? Kasper, ist keiner da?"
Giorgos lief den Gang in Richtung Bug und versuchte die Kabinen zu öffnen.

„Warum ist hier alles abgeschlossen? Ist das Fort Knox? Das soll es doch erst werden, verdammte Hacke!"
Er drehte sich um.

„Uff! Snowbird, hast du mich erschreckt? Was ist hier los?"
„Sag mir lieber, was du hier machst!"
„Ich werde verfolgt!"
„Noch einer mit Paranoia."
„Wie, wer noch?"
„Verstau` dein Zeug. Bleib in der Kombüse. In wenigen Stunden wird es Nacht. Dann reden wir."
Snowbird sah sich noch einmal um, bevor er in der großen Kabine verschwand.

„Ist dir jemand gefolgt?"
Der große Schlacks zuckte unsicher die Schultern.

„Wieso verstehst du mich eigentlich ohne deine Schreibmaschine?"
„Ich habe alle Schwingungen eurer Belllaute aufgezeichnet und einen Minicomputer mit dem Programm gefüttert. Den Kasten trag

ich am Gürtel und hören kann ich über den Ohrstöpsel. Ist noch nicht ausgereift."

Ungeduldig tigerte Giorgos durch die Kombüse. Immer wieder schaute er durch die Fenster.
Plötzlich hörte er überall Hundelaute.
„Na endlich! Wo wart ihr nur alle?"
„Hier natürlich, wo sonst!"
„Kasper, du bist schon wieder vorlaut. Giorgos hat doch gemerkt, dass wir unterwegs waren."
Kasper nickte erschrocken. Klar, Giorgos kannte ihr Geheimnis ja noch nicht.
„Ihr müsst mir helfen!"
„Er wird verfolgt."
„Ich weiß noch nicht, wer das ist. Aber seit Tagen laufen in meiner Nähe immer die selben schmierigen Typen herum. Deshalb habe ich letzte Nacht die Koffer gepackt."
„Hat das was mit uns zu tun?"
„Wem seid ihr denn auf die Füße getreten?"
„Woran arbeitest du eigentlich gerade, von uns einmal abgesehen?"
„Das ist geheim."
„So geheim, dass sie dir schon drauf gekommen sind?"
„Ich habe zu Hause noch was vergessen. Wichtige Unterlagen."
„Die wir jetzt holen müssen!"
„Teile dieser Entwicklung verbaue ich in eurem Boot."
„Überredet."
„Kasper, du hast die wichtigste Aufgabe. Du bewachst unser menschliches Genie und das Boot.
Tricki und Tanita, ihr sichert uns nach hinten. Flower, du machst den Vorposten. Snowbird und ich holen den Kram. Wir nehmen den Rucksack mit."
„Ich brauche den blauen Aktenordner und den kleinen Kasten, der

oben drauf liegt."

„Vielleicht ist es nicht so klug, dass wir beide gehen."

„Wir sind aber die taktisch Erfahreneren."

Sie kamen ungehindert bis zum Haus. Hier brannte Licht.

„Wir müssen durch den Garten!"

„Ich halte die Stellung. Wenn es brenzlig wird, jaule ich nach Pudelart."

Lady und Snowbird   wandten sich nach links. Um die Ecke schloss hier direkt die Stadtmauer an das Haus an.

„Hier gibt es einen Durchschlupf, hat mir Lingas erzählt."

Das Loch in der Mauer war schnell gefunden. Für Lady war es keine große Sache, aber Snowbird musste sich ein wenig durchzwängen.

„Bleib mir bloß nicht stecken, mein Weißer!"

„Ich werde doch unseren Fluchtweg nicht versperren!"

Er nahm den Rucksack und warf ihn durch die Maueröffnung. Lady war bereits zum Haus geschlichen.

„Das sind mindestens zwei da drin."

Das Fenster zum Arbeitszimmer war angelehnt. Snowbird stellte sich auf seine Hinterpfoten und lugte hindurch.

„Da war noch keiner. Das Licht kommt von weiter vorn. Beeilen wir uns!"

Er schob den Fensterflügel auf und war mit einem Satz im Zimmer. Ihm folgte der noch leere fliegende Rucksack und dann die Hündin. Die Unterlagen waren schnell gefunden. Snowbird stopfte alles in den Rucksack.

„Los, Huskyman, sie kommen, wir müssen weg!"

Lady war bereits wieder auf der Fensterbank. Snowbird schob den Rucksack nach oben. Lady zog ihn mit den Zähnen weiter. Der Inhalt hatte mehr Gewicht als gedacht. Lady verlagerte ihren Körper nach hinten und zog weiter. Der Rucksack rutschte über die Innenkante und weil ihn nun nichts mehr behinderte, weiter auf dem glatten Stein. Er nahm Fahrt auf und Masse und Beschleunigung sorgten dafür, dass die Hündin nach hinten und unten fiel. Ein dumpfer Schlag, gefolgt von einem Klatschen war zu hören. Snowbird`s Kopf erschien in der Fensteröffnung.

„Lady, alles in Ordnung?"

Ein unverständliches Murmeln war die Antwort.

Der Husky flog zur Rettung herbei, schob den Rucksack bei Seite und half seiner Herzensdame auf die Pfoten. Lady schüttelte sich die Erde aus dem Fell. Sie wollte etwas erwidern, als über ihnen das Licht anging. Das helle Viereck des Fensters beleuchtete sie beide wie ein Scheinwerferspot.

„Und?"

Ehe die beiden im Garten reagieren konnten, erschien ein Kopf im Fenster.

„Nichts, nur zwei Köter, die sich hier rumtreiben."

Der Kopf verschwand aus dem Licht und die beiden Hunde taten es ihm nach.

„Hundegott sei Dank hat er den Rucksack nicht gesehen."

Snowbird schleifte ihn zum Durchbruch in der Mauer. Er schob und Lady zog von der anderen Seite. Mit dem dann aufgeschnallten Rucksack liefen die beiden zur Hausecke. Ein kurzes Aufbellen und Flower erschien. Snowbird lief los und die beiden Mädels sicherten ihn nach allen Seiten. Auf dem Weg zwischen Altstadt und Dock schlossen Tricki und Tanita auf. Sie erreichten das Schiff.

„Halt! Parole!"

„Hau` den Kasper, wenn du nicht gleich zur Besinnung kommst!"

„Snowbird, na endlich! Giorgos nervt schon seit Stunden, wo ihr bleibt."

Der Eitieler kam aus den Schatten des Schiffes und nahm Snowbird den Rucksack ab.

„Habt ihr alles?"

„Du hattest Besuch von zwei Kerlen. Die haben sogar überall Licht gemacht. Die hatten keine Angst, entdeckt zu werden."

118

„Wie sahen sie aus?"

„Wir haben nur den einen kurz gesehen. Der hatte, glaube ich, eine Narbe über die rechte Wange vom Auge bis zum Mund."

„Das war Scratch. Dann wissen sie bald, dass ich abgehauen bin."

„Können die denn wissen, wo sie suchen müssen?"

Giorgos antwortete nicht. Er kontrollierte die Mitbringsel aus dem Haus.

„Haben wir noch was zu Beißen? Ich habe Hunger!"

„Das darfst du auch, nach der Aktion. Mädels?"

„Wir haben gut aufgefüllt in den letzten Tagen, Lady."

„Fangt schon mal an. Ich muss mit Giorgos reden, bevor wir uns zur Ruhe begeben."

„Schuhe? Seit wann schlafen wir in Schuhen?"

Keiner reagierte auf Kasper`s gute – Laune - Versuch. Die Anspannung von Giorgos übertrug sich auf die Hundlinge.

Giorgos folgte der Jack – Russell – Hündin auf das Vordeck. Snowbird kam dazu. Er hatte für jeden eine große Portion Gyros dabei.

„An dir ist ein Kellner verloren gegangen, mein Herz."

Giorgos bekam große Augen.

„Ihr seid ein Paar?"

„Dazu später mehr. Nun zu dir. Es wird Zeit, dass du uns erzählst, was bei dir los ist, woran und für wen du arbeitest und warum sie dich suchen."

Giorgos erzählte, malte aus, sprach mit den Händen und hatte damit lange zu tun.

Der Rest der Mannschaft erfuhr die wesentlichen Eckdaten zum morgendlichen Abendbrot.

„Zusammengefaßt heißt das was für uns?"

„Wir müssen verschwinden, so schnell wie möglich!"

„Aber das Schiff liegt seit Jahren hier im Dock! Es ist nicht seetüchtig."

„Kasper, hast du beim Vermessen irgendwelche Lecks im

Schiffsrumpf entdeckt? Stand an irgendeiner Stelle Wasser? Gab es eine Pfütze?"

„Grütze, nein, ich esse keine Grütze."

An seiner Statt antwortete Snowbird.

„Ich habe ja den größten Teil des Schiffes mit ihm vermessen. Mir ist nichts aufgefallen."

„Tanita, gib mir den Knochen wieder!"

„Antworte erst. Es ist wichtig für uns. Wir haben nichts davon, wenn wir mit dem Schiff unterwegs untergehen!"

„Wir fahren, ich meine, wir stechen so richtig in See?"

Kasper griff sich seinen Knochen.

„Dieses Vokabular! Ich stech` dich auch gleich - "

„Das ist Fachsprache, du kleiner ungebildeter Mischling!"

Giorgos lachte herzlich.

„Leute, ihr seid ja drauf. Aber der Kleine hat Recht, das sagt man so."

„Seht ihr! Gut , dass wenigstens noch ein gebildetes Wesen an Bord ist."

Kasper schüttelte sein geballtes Pfötchen in die Runde und sorgte so endlich wieder für eine Schmunzeleinlage.

„Das einzige, was ich gesehen habe, war ein wenig Wasser im Maschinenraum. War aber nicht viel."

„Wir kontrollieren das ."

„Kann ich machen, Lady. Ich muss sowieso noch einiges abchecken, damit das Boot so wird, wie ich es mir vorstelle. Dann ist da noch das Material zu berechnen."

„Meinst du, man kann das her schaffen, ohne aufzufallen?"

„Das müssen wir riskieren."

Zu dem Zeitpunkt ahnte noch keiner, dass sie dieses Risiko nie austesten würden.

Giorgos kümmerte sich um das Material. Er fuhr zum Baumarkt, mit seinen Berechnungen auf dem Tablet. Er verglich Materialeigenschaften, ließ sich umfassend beraten. Seine Fragen musste er vorsichtig formulieren. Keiner sollte in der Lage sein, dadurch darauf schließen zu können, dass er ein Boot modernisieren wollte.

Seine vierpfotigen Partner kümmerten sich um den Proviant. Sie schafften ran, was ihnen in die Pfoten kam und füllten ihre Speisekammer bis unter die Decke. Sie organisierten zwei große Wasserfässer, die Giorgos unter der Treppe zum Niedergang fest verankerte.

Kasper kam von einem Kapergang mit einem Hammer zurück.

„Gute Idee. Werkzeug kann ich gar nicht so viel kaufen, ohne das es auffällt."

So lagerten an Deck bald alle möglichen Hämmer, Zangen, Meißel, Sägen, ja sogar Schleifgeräte und andere kleinere elektrische Gebrauchsgüter.

Innerhalb dieser Beschaffungsmaßnahmen wurde regelmäßig Giorgos` Haus überprüft.

Wie sich herausstellte, taten das auch die Menschen. Der Narbige war fast jede Nacht da anzutreffen.

„So ein Mist! Ich brauche noch meine Dateien. Wir können schlecht ohne sie verschwinden. Ich dachte nicht, dass sie über so lange Zeit das Haus bewachen."

„Warum hast du uns das nicht gleich mitbringen lassen?"

„Ich habe da wirklich noch nicht geglaubt, dass ich die Insel echt verlassen und untertauchen muss. Außerdem sind die Sticks gut versteckt."

„Wir brauchen es."

„Ich will die ersten Sachen bestellen."

Tricki, Tanita und Lady sollten sich um das Cybergold kümmern.

„Es ist besser, wenn wir diesmal in anderer Konstellation auftreten."

„Was machen wir?"

„Ihr helft Giorgos einen zweiten Anker im Dock aufzutreiben. Er möchte auf Nummer sicher gehen, falls wir den ersten verlieren unterwegs oder, aus welchem Grund auch immer, kappen müssen."

„Da brauchen wir keinen Lappen! Wir brauchen ein ordentliches Messer und starke Pfoten!"

„Und die hast du!"

„Genau. Ich und Snowbird, und Giorgos hat das Messer."

Flower hatte diese Nacht Wache. Seit sie ihre Reisevorbereitungen trafen, gab es eine Nachtwache an Bord.

Tricki, Tanita und Lady begaben sich auf unterschiedlichen Wegen zum Haus ihres neuen Crewmitgliedes. Giorgos hatte ihnen das Versteck genau beschrieben.

Wie beim ersten Besuch huschten die drei durch den Mauerdurchlass. Nur waren diesmal alle Fenster und Türen verschlossen.

„Schaut mal, da oben. Die Balkontür ist nur angelehnt."

„Das kann eine Falle sein, Tricki."

„Ich gehe da jetzt rein, wir können nicht noch einen Besuch riskieren."

„Was ist mit den Fenstern hier im Erdgeschoss?"

„Viel zu laut, Tanita. Wir müssten sie einschlagen."

„Okay, dann machen wir mal die Bremer Stadtmusikanten!"

Lady stellte sich als Unterhundedame bereit. Tanita folgte. Sie war zwar etwas größer als ihre Chefin, aber leichter. Tricky machte die letzte hier und die erste auf dem Balkon. Die Tür war eingehängt, aber das stellte keine Schwierigkeit dar.

„Tanita, du schleichst nach unten in den Flur zum Telefon."

„Warum flüsterst du, Lady. Wir sind allein."

„Sicher ist sicher! Wir haben keine Zeit, das ganze Haus zu

inspizieren. Tricki, wir beide gehen nach nebenan."

Tanita lief leichtpfotig und geräuschlos die alte Holztreppe hinab ins Erdgeschoss. Mit der Schnauze hob sie den Hörer vom Gerät, schnappte den neben dem Telefon liegenden Stift und tippte dann die von Giorgos übermittelte Telefonnummer auf dem Display ein.

Es klingelte im Obergeschoss.

In der Küche ertönte ein Flüstern.

„Hörst du das? Das Telefon."

„ Da ruft halt jemand an."

„Vielleicht ist es wichtig, wer da was von unserem Spezialisten will?"

„Komm, gehen wir ran."

Die zwei Ganoven sprinteten zum Telefon.

„Hast du das gesehen? Da war ein Schatten auf der Treppe."

„Was du nicht alles siehst!"

„Und hier, schau! Der Hörer liegt daneben. Ich könnte schwören, das war vorhin, als wir kamen, noch nicht!"

Das Klingeln war in der Zwischenzeit verstummt.

„Na dann eben nicht."

„Halt! Warte! Hörst du das?"

„Was - "

„Da rollt über uns etwas über den Boden."

Scratch war bereits auf den untersten Stufen. Sein Kumpel setzte ihm nach.

Als sie oben ankamen, sahen sie – nichts.

Der Flur lag verlassen vor ihnen .

Die drei Hunde hielten die Luft an.

Die Gauner drehten sich enttäuscht zum Gehen. Ihre Schritte verklangen auf der Treppe.

Tricki fand schnell das von Giorgos beschriebene Beutelchen.

„Was immer da drin ist, es sind nicht nur Sticks."

Lady schnappte sich das kleine schwarze Notizbuch, um das sie Giorgos noch in letzter Minute gebeten hatte.

Tanita schaute in die Runde.

„Haben wir alles? Können wir?"

Lady und Tricki nickten, mit der Beute zwischen den Zähnen. Tanita drückte die Taste auf ihrer Seite der Wand, die daraufhin wieder aufrollte. Sie warteten gerade so lange, bis sie hindurch passsten. Hintereinander rasten sie zum Balkon.

Von unten war wildes unbändiges Fluchen zu hören.

„Ich hab gesagt, da ist jemand im Haus!"

Abermals stürzten die beiden Hallodris die Stufen herauf. Scratch stürmte mit langen Schritten den Flur entlang bis zum Ende. Sein Kompagnon hatte die Bewegung in einem der Zimmer mitbekommen.

„Da brat` mir doch einer `nen Elch! Scratch, das sind Hunde, die uns hier zum Narren halten!"

Er sprang zum Fenster und sah den vierbeinigen Schatten zu, wie sie in der Maueröffnung verschwanden. Dann erst folgte er den Rufen aus dem Flur.

Scratch stand schimpfend und wild gestikulierend vor der Wand.

„Was kreischst du denn hier rum wie ein Weib?"

Der so Angesprochene griff seinen Kumpel am Arm und zog ihn zu sich ran.

„Streng deine Augen an. Was siehst du?"

„Eine Wand."

„Das ist keine Wand, du Dummkopf! Zumindest keine gewöhnliche. Das ist eher eine Tür, so breit wie die Wand. Sie rollt , siehst du!"

Scratch gab der Wandtür einen Stoß. Der Spalt schloss sich. Das Ende des Flures sah wieder aus, wie eine Flurwand aussah.

„Verstehst du jetzt? Der Raum dahinter ist ja nicht so groß. Es fällt also nicht auf, dass der Flur hier oben ein Stück kürzer ist, als das Haus an sich. Clever gemacht!"

„Jetzt geht dieses Ding aber nicht mehr auf! Ist komplett zu, so ein Scheibenkleister!"

„Lass gut sein, Dicker! Ich habe den Raum vorhin durchsucht. Da war nichts von Bedeutung. Wenn, dann haben es deine Diebe geholt!"

„Die Hunde? Meinst du wirklich. Die müssten ja dann auf so was dressiert sein, oder?"

„Warum nicht! Es gibt für alles eine Marktlücke. Wir sollten sie fangen und für unsere Zwecke einsetzen."

Die Männer verließen das Haus. Hier war nichts mehr zu erwarten. Plötzlich blieb der zweite Mann stehen.

„Ich hab`s! Bei denen heute war wieder dieser kleine weiße Hund dabei. Den habe ich schon mal gesehen. Erinnerst du dich an die erste Nacht hier im Haus? Da habe ich doch die zwei Tölen im Garten gesehen und mir nichts dabei gedacht. Aber einer von den beiden war der von heute. Das ist kein Zufall, glaub mir!"

„Du meinst also, wir sollten sie suchen?"

„Wenn wir die finden, finden wir auch unseren Freund!"

In der Zwischenzeit war Lady entlang der Außenmauer zum Dock zurückgekehrt. Wenige Minuten nach ihr kamen auch Tanita und Tricki an, die gemeinsam den Weg durch die Altstadt genommen hatten. Giorgos nahm die Gegenstände entgegen.

„Irgendwelche Vorkommnisse?"

„Deine Verfolger. Wir müssen davon ausgehen, dass sie uns gesehen haben."

„Dein Versteck ist auch keines mehr."

„Wir haben einen tollen Anker aufgetrieben. Wenn ihr mal schauen wollt?"

„Ach Kasper!"

„Der war sauschwer. Schwerer als das halbe Wildschwein damals!"

„Tatsächlich? Denn getragen hat ihn Giorgos, mein kleiner Freund!"

Snowbird knuffte den vorlauten Podengo in die Seite.

„Aber wir zwei haben die Verantwortung getragen. Schwer, sauschwer!"

Flower hatte, als Giorgos mit Snowbird und Kasper zurück war, mit den Vorbereitungen für das gemeinsame Essen begonnen. Tanita und Tricki eilten zur Unterstützung. Die erfolgreiche Beschaffung von Anker und Daten schaffte an diesem Morgen eine lockere Atmosphäre. Gut gelaunt begaben sich alle Schiffsbewohner zur Tagesruhe.

Snowbird und Lady liebten sich voller Leidenschaft und Hingabe, wie es in Liebesromanen so oft heißt. Lady würde sehr bald sehr glücklich sein, diesen liebesheißen Morgen in der nachtschwarzen Kabine in den Armen ihres geliebten Husky`s mit den glitzernden Augen erlebt zu haben.

Ohrenbetäubender Lärm weckte die Schläfer. Sie fanden sich alle auf Deck wieder.

„Was ist los?"

„Was ist das für ein Lärm?"

„Das ist Giorgos da vorn!"

„Wer sind die Männer?"

„Der Narbige ist dabei!"

Hatte sie der Schreck im ersten Moment gelähmt, kam nun die Wut unter dem Schock hervor wie die Schlange aus dem Korb.

Umsichtig schätzte die Jack – Russell – Hündin die Lage ein. Sie waren sechs plus Giorgos. Der Feind war mit zehn Mann in der Überzahl. Sie mussten also eine Fluchtmöglichkeit einkalkulieren.

„Gut, dass sie wie Diebe in der Nacht kommen!"

„Das sind sie auch, Diebe und Mörder! Und so werden wir kämpfen! Tanita, Tricki, Flower und ich greifen an. Du, Snowbird wirst als Rückendeckung gebraucht. Sie werden versuchen, das Schiff einzunehmen. Das musst du unbedingt verhindern! Kasper, du kümmerst dich um die Seile. Wenn es nötig wird, müssen wir sofort ablegen können."

„Ich will vorne kämpfen!"

„Du musst mehr kämpfen als wir. Du musst zusätzlich das Schiff sichern, gemeinsam mit Snowbird. Kasper, ich würde dir diese Aufgabe nicht geben, wenn ich nicht sicher wäre, dass du das kannst."

„Giorgos braucht jetzt wirklich Hilfe. Er ist eingekreist von diesen Gaunern!"

Lady stupste Kasper freundlich in die Seite.

„Also dann, Mädels, es gilt!"

Die drei Hundedamen stürmten mit lautem Gebell auf die Menschenhorde los. Lady und Snowbird gaben sich noch einen kurzen Augenblick.

„Du bist großartig, Ladoula."

„Ich liebe dich auch, mein Weißer."

Giorgos hörte die Hunde und sein Kampfgeist verstärkte sich. Einige der Männer ließen von ihm ab und sahen erstaunt den näher kommenden Hunden zu.

„Was soll das denn werden?"

„Ablenkung. Nichts weiter als Ablenkung."

Der das sagte, hatte den Kopf zur Seite gedreht, um mit seinem Kumpel sprechen zu können. Dessen Augen wurden groß und ängstliches Erstaunen flackerte darin.

„Was hast du – Aaaauuuua!"

Flower hatte den freien Hals sofort entdeckt und war gesprungen ohne zu überlegen. Sie spürte den Rausch der Jagd in ihren Adern und den Zorn auf die Angreifer. Ihre Fangzähne schlugen sich in den Hals ihres Opfers und wuchsen in die Halsschlagader hinein. Sie verkrallte sich in der Kleidung des Mannes. Der war so überrascht worden, dass er kaum zu einer Gegenwehr fähig war. Er taumelte hin und her. Sein Kumpel bekam ihn nicht zu fassen. Mit dem Pudel am Hals lief er noch einige Schritte, bis er zu Boden ging. Er fiel starr wie ein Baum. Seine Augen waren angstverzerrt und sein Gesicht in einer schrecklichen Erkenntnis eingefroren. Er versuchte, etwas zu rufen, aber nur ein Gurgeln brach aus ihm hervor. Sein Freund starrte immer noch auf ihn. Langsam brach sich das Grauen Bahn.

„Das , das kann nicht sein."

„Was ist?"

Scratch folgte der Handbewegung seines Gaunerkollegen. Hypnotisiert schaute nun auch er dem zu, was sich vor seinen Augen abspielte wie ein schlechter Horrorfilm.

Flower überließ sich voll und ganz ihrer geheimen Natur. Sie schmeckte das Blut und trank sich in Rage. Sie konnte, nein sie wollte nicht aufhören. Sie trank und sie schlug mit den Pfoten auf ihren Gegner ein, bis der immer stiller wurde und dann reglos dalag. Sie machte es sich auf seiner Brust etwas gemütlicher und holte alles aus ihm heraus. Nicht ein Tropfen Blut blieb ihm in den Adern.

Giorgos hatte die Kampfpause genutzt. Zwei gezielte Faustschläge beförderten die noch an ihm interessierten Gauner zu Boden. Er floh aus dem Kreis der stehenden Männer nach vorne Richtung Schiff..

Vorbei an dem gerade zu Boden gehenden Mann mit Flowerschal. Seine Augen nahmen auf, was sie sahen. Die Umsetzung im Gehirn dauerte drei Sekunden länger, war er doch mit seiner Flucht beschäftigt. Giorgos lief gegen den Strom. Die Hunde kamen ihm entgegen. Tanita und Tricki hatten nach dem ersten Vorstoß auf Lady gewartet. Ihre Beute hatten sie bereits ausgewählt. Wie immer ging es darum, zuerst die Schwächsten auszusortieren. Tanita und Tricki nahmen die noch am Boden verweilenden und ihre Beulen begutachtenden zwei Männer auf die Zähne. Für Tricki war es ein leichtes, kehrte der Mann ihr noch den Rücken zu. Der zweite sah den Hund auf seinen Kumpel zustürzen und erkannte im selben Augenblick, dass es ihm genauso ergehen sollte. Er schlug mit den Händen n ach Tanita. Die wich ihm aus, schlug mehrere Haken und umrundete ihn dabei. Tricki`s Opfer war zur Seite gefallen. Der Mann griff nach ihr, Tricki schnappte erfolgreich nach einem Arm. Sie sprang von ihm herunter, drehte sich und sprang über ihn hinweg. Wieder hatte sie den Rücken des Mannes vor sich. Sie spannte die Muskeln zum Sprung. Mit ihrer ganzen Kraft stemmte sie sich im Angriff gegen den Rücken des halb aufgerichteten Mannes. Der knallte mit dem Oberkörper in den Sandboden und schluckte Dreck. Er hustete, versuchte aber, die Beine anzuziehen. Tricki sprang zur Seite und verbiss sich dabei im Hals ihres Opfers. Ihre Pfoten setzten auf und die Kämpferin hatte festen Gripp am Boden. Der Ganove versuchte ein weiteres Mal aufzustehen, indem er mit den Armen den Oberkörper nach oben zu drücken versuchte. Tricki schlug mit ihren Vorderpfoten gegen das Gelenk auf ihrer Seite. Der Arm knickte weg. Tricki biss erneut zu und hatte diesmal richtig getroffen. Schnell erlahmte der Widerstand im Körper des Liegenden.

Derweil hatte Tanita mit ihrem Opfer Fangen gespielt, sich ihm immer wieder genähert, um sich dann rechtzeitig wieder zu entfernen, wenn er versuchte, nach ihr zu schlagen. Sie umrundete ihn dabei ständig. Dann entschied sie sich für einen Frontalangriff. Der Mann sah sie heran fliegen und ein kräftiger Faustschlag traf die Hündin unter dem Kinn. Sie flog zur Seite. Der Mann schüttelte seine Benommenheit ab und lief die drei Schritte in die Richtung des liegenden Hundes. Er hob eine Latte auf, die an der Seite lag und holte zum Schlag aus. Aus dem Nichts kam ein Schatten und traf ihn hart in der Bauchregion. Er klappte zusammen. Die Latte fiel aus seiner Hand. Einen zweiten Treffer landete Lady auf dem Rücken des Mannes, der auf die Knie sank. Tanita hatte sich vom Kinnhaken erholt und sprang ihn von links unten an. Der Knieende kippte zur Seite. Tanita sprang ihm ins Gesicht. Lady wandte sich ab und sah sich nach ihrem Sparringpartner um. Von ihm hatte sie abgelassen, um ihrer Freundin zu Hilfe zu kommen.

Giorgos hatte indessen das Schiff erreicht. Er verschwendete vorerst keinen weiteren Gedanken an das Gesehene. Er stürzte an Deck und weiter in die zur Schaltzentrale umgebaute Aufenthaltszone vor der Kombüse. Er bereitete alles für ein Auslaufen vor.

Snowbird und Kasper beobachteten den Kampf. Während der Husky still an seinem Platz ausharrte, trippelte Kasper vor dem Schiff hin und her wie ein Dressurpferd. Er setzte die linke Vorderpfote dabei vor die rechte und machte es mit den Hinterpfoten genauso und bewegte sich so seitlich hin und her. Er schlug mit der Schnauze nach rechts und links, oben und unten und wiederholte jeden Schlag der kämpfenden Hündinnen für sich, begleitet von eigenen begeisterten Ausrufen, wenn die Treffer erfolgreich waren.

Snowbird hatte nur Augen für seine geliebte Lady. Er sah das Hilfemanöver für Tanita . Und er sah, dass der entfernter stehende Scratch nach hinten in den Hosenbund griff. Bis jetzt war der Gangsterboss nur Zuschauer des wilden Durcheinanders gewesen. Nun wollte er diesem Unsinn ein Ende bereiten.

Der Husky wusste, dass er zu weit weg vom Geschehen war. Aber er musste es versuchen! Er lief los. Als der Schuss ertönte, traf ihn das Geräusch tief im Herzen. Er heulte auf und aus dem warmherzigen kuscheligen Polarhund wurde eine wütende Bestie. Wie eine Kanonenkugel schoss er auf den Schützen los und biss nach dem Arm, der die Pistole noch hielt. Das Knirschen der Knochen brachte den Hund zur Besinnung und entfachte gleichzeitig den Jagdtrieb. Jede Zelle seines Körpers schrie nach Blut.

Aus den Augenwinkeln sah er Lady im Sprung stehen bleiben und dann fallen. Er lies den Arm los und heulte eine Botschaft in die plötzliche Stille der schwindenden Nacht. Scratch wich nach hinten aus. Dabei wechselte er die Waffe von der rechten in die linke Hand. Doch es kam zu keinem weiteren Schuss. Snowbird setzte sofort nach und auch der zweite Unterarm machte Bekanntschaft mit den gierigen Zähnen des Huskies.

Das Heulen hörte auch Kasper. Er unterbrach seine Schattenkämpfe, sah genau hin und begriff, was passiert war. Er sprintete ins Schiff und rief nach Giorgos.

„Schnell, du musst ihnen helfen! Lady wurde angeschossen. Sie liegt da irgendwo schutzlos und Snowbird hat zu tun."

Giorgos, kaum an Deck, überschaute die Situation.

„Du machst schon mal alle Leinen los bis auf die eine hier. Ich hole die Hunde und dann schauen wir, dass wir weg kommen!"

Giorgos nutzte die Schatten der hier vorn liegenden Boote und näherte sich dem Kampfplatz. Er sah die Jack – Russell – Hündin am Boden liegen. Tricki versuchte, die Verletzte zu schützen vor den herankommenden Männern, die nun Oberwasser bekamen. Tanita eilte ebenso herbei, frisch gestärkt vom Blut ihres Opfers. Aber die Männer waren immer noch in der Überzahl. Ein kurzer verzweifelter Ruf ihres Anführers brachte zwei der Männer dazu, sich ihm zuzuwenden. Snowbird hing mittlerweile an seinem Hals. Da Scratch seine Hände nicht mehr gebrauchen konnte, versuchte er durch das Hin- und Herschwenken seines Oberkörpers den Hund abzuschütteln. Die restlichen drei Mann rannten weiter in Richtung der verletzten Hündin. Giorgos spurtete aus den Schatten der Schiffe überraschend heraus. Er griff sich mit einer Hand Lady und lief im Bogen zurück zum Schiff. Die Männer vergaßen die Hunde und setzten ihm nach. Im Laufen rief Giorgos so laut er konnte nach Snowbird.

„Husky, wir müssen los! Komm jetzt!"

Er wusste, dass Tanita und Tricki ihm folgten. Auf dem Weg zum Laufsteg griff er sich mit der zweiten freien Hand Kasper, der natürlich laut protestierte.

„Das ...habe...ich...gewusst, dass du das tust! Tricki, macht die letzte Leine los!"

Tanita und Tricki zogen gemeinsam die Schlaufe vom Poller und sprangen an Bord. Giorgos hatte Kasper losgelassen. Der versuchte von Bord zu kommen. Tanita sprang ihm in den Weg.

„Du kannst ihm nicht helfen, Kleiner! Du bringst nur dich selbst in Gefahr!"

Kasper sah sie an. Er zitterte vor Wut und Ohnmacht am gesamten Körper.

Tricki unterstützte ihre Freundin verbal und sie schnappte sich eins der zitternden Ohren des Podengo`s.

Die kurze Zwischenzeit hatte ausgereicht. Das Schiff trieb vom Ufer weg. Die Planke war bereits ins Wasser gerutscht. Kasper riss sich los und hetzte an die Reling. Für einen Sprung war der Abstand zwischen Boot und Ufer bereits zu groß. Mit Entsetzen sah er, dass sein Freund immer noch verbissen kämpfte. Verzweifelt rufbellte er nach seinem weißen Gefährten. Doch der hörte ihn nicht.

Giorgos brüllte in der Zeit Kommandos. Er orderte Verbandszeug und heißes Wasser. Ohne nachzudenken griff er nach dem Messer und holte die Kugel aus der Seite der Hündin heraus. Lady war sowieso ohnmächtig. Sie spürte nichts. Dann verband er die Wunde und brachte Lady in ihre Kabine. Die anderen drei schickte er auch schlafen.

„Kasper ist noch oben!"

„Ich hole ihn. Nun ab mit euch ins Dunkel. Wir reden heute Abend!"

Giorgos nahm zwei Stufen auf einmal. Kasper stand wie festgenagelt an der selben Stelle im Heck. Giorgos griff ihn unter dem Bauch und hob ihn auf seine Arme. Kasper jaulte wehmütig auf.

„Sei vernünftig, Kleiner. Es bringt nichts, wenn du hier drauf gehst, noch dazu völlig unsinnig."

Kasper beruhigte sich langsam und vergrub sich in den Armen seines menschlichen Freundes. Keiner sollte ihn weinen sehen. Giorgos behielt ihn auf dem Arm, bis die ruhigen Atemzüge ihm verrieten, dass der kleine traurige Hund in seinen Armen eingeschlafen war. Er legte ihn vorsichtig in seine Koje und schloss die Tür. Mit einem Umweg über die Speisekammer begab er sich dann zu seinem Platz am neuen elektronischen Steuerpult, welches er in den letzten

Tagen aufgebaut und angeschlossen hatte. Er überprüfte Schiff, Motor und Kurs. Zufrieden mit den Ergebnissen ging er an Deck. Hier rollte er die noch hängenden Seile ein. Die Insel war schon sehr klein geworden am Horizont.

„Vielleicht schaffst du es, Snowbird. Danke für deine Hilfe! Ich werde auf deine Familie aufpassen. Das bin ich dir schuldig!"

Snowbird hatte sich entschieden. Er wusste, dass die Männer versuchen würden, das Schiff zu verfolgen. Es lagen genug mögliche Schwimmhilfen hier im Dock herum. Er musste seinen Freunden Zeit verschaffen. Scratch hatte schon zu viel Blut verloren. Es tropfte über die Arme auf den Boden oder floss durch die Fangzähne des Huskies und stärkte ihn. Snowbird ließ von Scratch ab und wendete sich den beiden Neuankömmlingen zu.

Der Himmel wurde bereits heller am Horizont. Snowbird war sich im Klaren darüber, dass es hier für ihn zu Ende gehen würde. Er dachte an seinen Freund Lingas, der gesagt hatte, ein Mann muss tun, was getan werden muss, egal in welcher Situation. Für ihn, Snowbird, hieß das, er musste seine große Liebe beschützen und retten. Wenn er dafür heute sein Leben geben musste, ob getötet im Kampf oder verbrannt in der Morgensonne, dann hatte es so zu sein.

Die zwei Männer bedrängten ihn. Die drei anderen Verfolger von Giorgos kamen nun dazu. Sie bewaffneten sich mit Holzlatten. Einer fand eine Eisenstange. Nun war der Husky der Gefangene der Männer. Immer enger zogen sie den Kreis um ihn. Er konnte unmöglich alle fünf im Auge behalten. Der erste Schlag traf ihn am rechten Hinterlauf. Dann prasselten die Schläge auf ihn herab. Es gab kein Schlupfloch, keine Pause. Plötzlich spürte Snowbird einen stechenden Schmerz am Kopf. Die Eisenstange hatte ihn erwischt. Benommen ging er zu Boden. Es folgten weitere Schläge.

„Männer, hört auf. Es wird hell, wir müssen verschwinden. Wir stehen hier auf dem Präsentierteller. Von der Straße oben hat man einen guten Blick am Tag. Die Töle ist eh erledigt. Seht sie euch an. Statt weiß trägt sie nun ein rotes Fell. Lassen wir ihn hier krepieren. Für den interessiert sich keiner. Aber nach uns wird gefahndet. Helft mir auf die Füße!"

Die Männer folgten den Worten ihres Anführers.

Am Strand wurde es leise. Snowbird holte tief Luft. Es schmerzte. Gleich würde die Sonne über den Horizont klettern . Sie würde mit ihren Strahlen das Meer und den Strand begrüßen. Für ihn wäre das der letzte Augenblick seines Lebens. Doch darüber war er nicht traurig. Er hatte Lady kennen und lieben gelernt. Sie hatte ihm ein spannendes Leben gezeigt und ihm durch ihre Liebe das Augenlicht geschenkt. Ihm war es vergönnt gewesen, die Farben und die Schönheit der Welt sehen zu können. Er hatte mit seiner geliebten Jack – Russell – Hündin wundervolle Nächte verbracht. Sie hatten sich geliebt unter dem dunkelblauen Wolltuch mit den glitzernden Wassertropfen. Das war das Einzige, was für Traurigkeit bei ihm sorgte. Er würde sie nie wieder sehen, nie wieder ihre Schnauze ablecken und ihr weiches Fell liebkosen können. Aber er war es zufrieden. Er hatte gesehen, wie Giorgos sie auf das Schiff gebracht hatte und da war sie am Leben. Sie würden sie verarzten und sie würde es schaffen. Sie war stark!

Der erste Sonnenstrahl lugte über das blaue Wasser. Das Licht kam leise und sanft herangeschlichen. Snowbird sah die Sonne aufsteigen. Mit einem letzten Seufzer entspannte er sich, schloss die Augen und wartete darauf, dass die Sonne ihr Werk an ihm vollendete.

NACHBEMERKUNG

Die Geschichte von Lady und ihren Gefährten ist natürlich noch nicht zu Ende.

Ich habe mich allerdings entschlossen, parallel dazu meine eigene Geschichte weiter zu erkunden.

Jetzt bin ich bereit!

Unter dem Sand und den Kieseln der Strände und in den historischen Mauern der sagenhaften Altstadt liegen die Wurzeln eines meiner Leben. Ich habe sie entdeckt und berührt, kann sie aber noch nicht vollständig lesen und erkennen.

Ich weiß das, weil ich mich von der ersten Sekunde an auf dieser, meiner Insel zu Hause gefühlt habe. Es war kein Ankommen damals für mich, es war ein Heimkommen!

Jeder, der dieses Abenteuer mit mir erleben möchte, ist dazu herzlichst eingeladen!

Bis dahin verbleibe ich in Liebe

Eure Gitta

Weitere Bücher der Autorin

Figurina
Besuch im Zeitlosen
aus der Reihe
Schreiben mit der Kraft deiner Seele

Der Zauberspiegel
Rhodos - Märchen und Geschichten

Das große Verzaubern
Auskopplung der Märchen aus dem „Zauberspiegel"
E-Book

Das Touristen-ABC
Auskopplung aus dem „Zauberspiegel"
E-Book

Wendländische Märchenkiste
oder Peranticus erzählt; Teil 1

Das unheimliche Gasthaus
nach einer wahren Begebenheit
Peranticus erzählt; Teil 2

Der magische Stift
oder Mein Leben bewegen und positiv leben

Webseite: www.wortjuwel.de